RYU NOVELS

絶対国防圏攻防戦②

赤道直下の死闘

林 譲治

目次

太平洋要図
40°
30°
ミッドウェー
小笠原諸島
20°
マリアナ諸島
ウェーク
マーシャル諸島
フィリピン
10°
トラック
クェゼリン
カロリン諸島
マキン
ギルバート諸島
タラワ
0°
ナウル
ニューギニア島
ラバウル
ソロモン諸島
チモール島
ソロモン海
10°
チモール海
ポートモレスビー
ダーウィン
珊瑚海
20°
オーストラリア
120°
130°
140°
150°
160°
170°
180°

1章　昭和一九年六月、接触

1

昭和一九年六月五日、現地時間〇五〇〇。

伊号第二〇三潜水艦の甲板上では、飛行科と通信科の将兵が気球の回収にあたっていた。

「気球収容、急げ！」

気球の回収には経験が必要だった。さっさとガスを抜いて海面に落下させるのは簡単だが、濡れたロープや気球を潜水艦の狭い甲板で回収するのは、かなりの重労働となる。

高度と頃合いを見ながらガスを抜きつつ、ロープをウインチで巻き取って行く。ロープの巻き取りを上手に終えると、気球も濡れずに回収できる。

気球回収のセンスは、階級と必ずしも一致しない。天性の部分も大きい。伊号第二〇三潜水艦において、それは掌通信長の准士官にあった。

彼が気球の弁の開閉を制御すると、水素気球はロープとの張力を維持しつつ、確実に潜水艦へと近づいて行く。

「気球回収、完了しました！」

「よし、航行準備！」

気球を回収した面々は、そのまま急ぎ艦内へと飛び込んで行く。

飛行科と通信科が気球を回収していたのにはわけがある。伊号第二〇三潜水艦は、飛行機は搭載していないが気球を扱う部署として飛行科があった。

その気球は何を目的としているかといえば、米軍などの電波傍受である。特にレーダーなどの電波を中心に傍受していた。

気球の下には専用のアンテナが並んでおり、それを気球でしかるべき高さに展開する。

地球は丸いので、こんなものを伸ばしていても、敵部隊のレーダーに潜水艦が捕捉されることはまずない。逆に敵部隊の波長の短い電波は水平線の彼方を飛び越え、その飛び越えた電波を気球のアンテナが空で傍受するわけだ。

この電波傍受のため、気球には通信科の人間も関わることになる。電波の捕捉能力は、気球の大きさとロープの重さとアンテナの重さで決まる。

気球を展開できる回数は、水素タンクの容積で決まった。だから一度展開すると、そうそう降ろすことはない。降ろすのは敵が接近していると思われるような時だけだ。

それもあって伊号第二〇三潜水艦の任務は、通常の哨戒任務とはやや異なっていた。洋上に定点でとどまり、米軍の動きを探る。

米軍の本格侵攻が近いのは周辺状況の動きから明らかだった。そのため第七艦隊の要請で、こうした潜水艦が急遽、配置についていた。

具体的に僚艦のことは知らされていなかったが、複数の地点で電波傍受をしているのは確かだと思われた。

気球を回収すると、伊号第二〇三潜水艦は浮上したまま動き出す。ただ電探を作動させ、急速潜航に即応できるようにはなっていた。

誰もが真剣だ。なぜなら、ここで気を抜けば文字通り生死にかかわる。

この時、司令塔から艦橋に上ったのは哨戒長ではなく、潜水艦長の岸場少佐だった。

「潜艦長、獲物ですか」

見張員の一人である古参の下士官が岸場少佐と背中合わせに、そう声をかける。彼の受け持ち範囲は艦尾方向だ。

「はっきりしないが、小規模な艦隊が我々の方向に接近中だ。その正体を確かめねばならん」

現時点で、米軍がギルバート諸島のマキン・タラワを攻略するとしたら、二つのルートが考えられていた。

一つはハワイから直接来航するハワイルート、もう一つはミッドウェー島を経由するミッドウェールートである。

強いて言えば、もう一つ、オーストラリアルートも考えられるが、ソロモン諸島からニューギニアにかけての防衛線から攻撃を受け、多大な損害が予想されて現実的ではなかった。

その点、マキン・タラワは環礁であり、島そのものは小さく、要塞化したとしても縦深はそれほど深くとれない。

絶対国防圏という鎖の中で、もっとも弱い環として認識されていた。

ただし、それは守る側の日本軍も理解している。環礁を浚渫《しゅんせつ》して軍港としての機能を拡大するほか、浚渫した土砂を使って浅い海を埋め立て、基地の拡張も行われていた。

主にそれは滑走路に関するもので、それでわかるようにマキン・タラワは、まず航空要塞として、地理的な縦深の浅さを航空戦力で確保しようとしていた。

また連合軍は知らなかったが、環礁という水深の浅さを利用して、洋上に鉄製の支柱を使った砲台がいくつか建設されていた。

基本的に対空火器の要塞ではあるが、上陸部隊に対して、それらの火器は重大な脅威となるだろう。

そうした準備は整えていても、小島であるという事実は変わらない。最初に攻撃されるであろうことは明白であり、だからこそ敵の動きには神経質になる。

マキン・タラワを抜かれてしまえば、ラバウルやトラック島は直接的な敵の圧力を受けてしまうだろう。

伊号第二〇三潜水艦は、この中でミッドウェールートの監視部隊の一翼を担っていた。

ただ伊号第二〇三潜水艦の部署自体はいささか微妙な場所にあった。想定されるミッドウェールートの東端で、ハワイルートの哨戒線の西端にも近い。

だから彼らが敵の動きを察知したとしても、それだけでどちらのルートかの即断は難しかった。

岸場潜水艦長が悩むのは、察知した部隊の規模が妙に小さいこともある。少し前までタラワ島周辺では、潜水艦による偵察の動きが頻繁に起きていた。

だが、単独の潜水艦とは思えない。とは言え、小規模空母部隊でもないようだ。航空機が離発艦している様子もない。

ともかく正体は不明だが、現下の状況では放置していいわけがない。まずは正体を確認することだ。

「報告はどうしますか」

「報告か、いや、現段階ではしないほうがいいだろう。敵の正体もわからんからな。それに敵の目的が情報収集なら、不用意にこちらから電波は出せん」

遠距離から敵部隊の接近を察知したものの、遠距離ゆえに情報精度が悪い点は否めない。接近中というのも、真正面から接近というより「距離が短くなっている」程度のものだ。

それでも伊号第二〇三潜水艦は敵部隊の正体を確認すべく進む。ここから先は逆探と電探が頼りだ。

幸い、電波傍受による相手の電探の波長などから、電探の種類はおおむねわかっていた。米海軍では標準的な電探だが、一部には商船用の電探も感知されていた。

商船が含まれているから船団かといえば、それほどの規模ではないようだ。

商船というのは、商船用電探を使用していることからの判断だが、米海軍の徴傭船の可能性もある。ともかく相手の正体を調べることだ。

岸場潜水艦長は、気ばかり焦《あせ》る自分をなんとか押さえつける。これは意外な大物だという予感めいたものが感じられるからだ。

勘と言えば勘だ。だが、それを信じて今日まで生き延びてきたのも事実。この伊号第二〇三潜水艦の潜水艦長となる前、彼は別の潜水艦の航海長だった。

そこでは何度となく彼の勘が、乗艦が危険に遭遇することを避け、予想外の獲物と遭遇する機会を作ってきた。

そのことで岸場潜水艦長は、日本海軍の中でエース潜水艦長の末席に名を連ねるまでになった。

そして、彼がこうして潜水艦長になってほどなく、それまで乗艦していた潜水艦は米軍により撃沈された。その話を聞いた時、彼は己《おのれ》の幸運を感じるより、むしろ業《ごう》を背負った気がした。

彼が潜水艦長を務める伊号第二〇三潜水艦は、伊号潜水艦の中でも戊《ぼ》型とよばれるものだった。海軍が潜水艦運用を全面的に見直した結果、建造が決まったものである。これは真珠湾攻撃における赤城喪失と護衛戦力としての駆逐艦の反省から派生していた。

つまり、真珠湾作戦に多数展開していた日本海軍潜水艦が、成果らしい成果をまったくあげていないことが問題となったのだ。

結論は艦隊決戦主義の見直しと、潜水艦の不振の一因を数の不足に求めるものだった。

戊型潜水艦は、それまでの呂号などの類別を廃止し、一種類のみを量産するという構想で建造された。

戊型は排水量一五〇〇トンで、水上二〇ノット、水中は最大で八ノットを出すことができた。水上速力を二〇ノットに抑えたのは、艦隊決戦のためには最大速力二三ノットが必要という要求が高性能機関を求め、それが量産性を阻んだためだ。

じっさいに演習等でも、敵艦隊に先回りして襲撃するという軍令部の構想は非現実的という指摘が、現場からなされていたのだ。だからこれは造船技術というより、軍令部の意識改革と言うべきものだった。

従来の甲型・乙型より一回り小さくなり、建造期間が短縮できた反面、廃止されていた艦尾魚雷発射管が復活した。艦首四本、艦尾二本で魚雷の総数は二〇本。

艦尾魚雷発射管の復活で、交通破壊戦で後方から接近する敵護衛船舶を攻撃できるようになった。

これも潜水艦の運用思想が艦隊決戦から汎用性を持ったことの表れと言えた。

その一方で備砲は廃止された。これは賛否両論のある部分だった。量産性を追求するなら廃止したい。複数の攻撃手段を確保するなら、備砲はほしい。

結果として、「備砲については後日装備」という玉虫色の決着をみた。そのため戊型潜水艦の中には、一〇センチクラスの備砲を装備するものや、八センチクラスの高角砲や対空機銃を装備する艦もあった。

ただ多くの戊型潜水艦で、備砲は装備されていなかった。

火砲の生産数にも限りがあり、潜水艦向けの優先順位が低いこと。備砲装備の潜水艦も、それによる目に見えるメリットを得ていないこと。また、敵電探に対して備砲の電波反射が意外に大きく、それが秘匿性に大きくマイナスになることも、装備が進まない理由としてあげられた。

さらに量産型潜水艦ならではの問題として、艦内編制のことがある。備砲を装備すると、艦内に砲術科を設けねばならない。

少人数には違いないが、排水量の限られた潜水艦で、使用頻度の低い兵器のために人を置くことには抵抗があった。

量産型潜水艦に乗員を供給する教育部門にしても、少ない人数で潜水艦が動かせるなら、それに越したことはないのである。

ちなみに戊型潜水艦は、建造時期によって番号が違う。従来型のリベット工法による戊型は既存艦とともに一〇〇番台の番号であったが、溶接可能な鋼板の開発成功により、全溶接工法の戊型潜水艦は二〇〇番台となった。

したがって伊号第二〇三潜水艦は、溶接工法における初期ロットの潜水艦であった。

戊型潜水艦に限らず、駆逐艦以下の艦艇はほぼ完全に溶接で建造されている。装甲を施さねばならない巡洋艦以上の軍艦ではリベットも使われているが、溶接の使用範囲は拡大していた。

「二時方向に船影！」

見張員がそれを報告したのは、同日〇七〇〇のことであった。位置的には予想した方向の範囲内だ。すでに逆探にも反応はある。

逆探の反応があった時点で、念のため岸場潜水艦長は自艦の電探は止めていた。敵にこちらの存在を気取られないためだ。

後期生産型の戊型は、電探の存在を強く意識していた。司令塔は可能な限り小型化し、さらに八角錐《すい》のような形状で、側面も傾斜している。これで電探の電波をあらぬ方向に反射させるのだという。

船体についても、浮上した状態で水面より上の部分は、斜め方向の直線を基調としていた。

電波吸収材という塗料もあるが、これについては日本の化学産業の遅れから、さほど効果的な素材は開発できていなかった。

ただ船体形状だけでも、従来型の潜水艦よりは電探に探知されにくくなり、夜間であれば、かなり接近しない限り捕捉されないという報告もあった。

この時も通常なら、あるいは米海軍の電探に発見されたかもしれないが、戊型潜水艦の形状により敵は気がついていないようだった。

気がつかないから電探を使い、電探を使うから逆探で追える。

もちろん、逆探の方位分解能には限界がある。ただ岸場潜水艦長は、相手の動きにはある程度の確信を抱いていた。

逆探の反応を得てから、伊号第二〇三潜水艦の針路を何度か変えて逆探の反応を追跡した限り、敵部隊は特定の方向を目指して直進していると思われた。

部隊の速力は一定で、針路もまた一定なら、予想位置を推測するのは難しくない。もちろん逆探からの推測では精度に限界はあるが、それは潜水艦側の運用で対処できる。

部隊の速度よりも伊号第二〇三潜水艦のほうが高速であるから、こちら側が細かい針路変更で、相手の進行方向を絞り込むことは可能だった。

そうしてついに肉眼で確認できるところまで来た。知られている限り、この距離であれば、戊型潜水艦の後期生産型は敵の電探には反応が小さいので察知されないはずだった。

ただ岸場潜水艦長も、必要以上に接近するつもりはない。いろいろと試行錯誤を重ねながら相手の針路を絞り込んできた。

それが肉眼でも確認できたことで、相手の針路と速力もほぼ特定できた。そして、つかず離れずを繰り返しながら、岸場潜水艦長は敵部隊の編成をおおむね把握できた。

問題の部隊が航空機を持っていないことは、電波傍受の段階で予想がついていた。航空機用無線の電波は傍受されず、電探でもそれらしい反応はなかったためだ。

水偵さえ飛んでいないなら、相手は巡洋艦より小型の艦艇部隊となる。

事実、そうだった。問題の部隊はタンカー一隻、貨物船三隻、そしてそれを護衛する護衛駆逐艦が四隻の小部隊である。

「タンカーか……」

艦艇用燃料を輸送しているのか、航空機用燃料を輸送しているのかまではわからない。それがわかれば、艦隊用か空母部隊用かの推測もつくのだが。

「攻撃しますか」

部下たちは言う。タンカーを仕留めるというのは、軍艦に匹敵する大戦果だろう。

「いや、あれは攻撃はしない」

岸場潜水艦長には考えがあった。

タンカーを伴う小規模な補給部隊はどこに向かうのか？　おそらく大規模な補給部隊があり、それに臨時編入されたのではないか？

ならばこの部隊を追跡すれば、より大規模な部隊を捕まえることができる。

同時に岸場潜水艦長は、この部隊の目的地が気になる。この部隊の針路を延長しても何もないのだ。

ハワイよりはミッドウェー島に近いのではあるが、特に泊地に使えそうな島嶼《とうしょ》はないはずだった。

艦隊に洋上補給するのだろうか？　だとすると、貨物船三隻はなんなのか？

貨物船にしては何か改造が施されているように見えるのだが、細かいところまではわからない。

なんらかの特設艦船三隻とタンカー。いまひとつしっくりしない組み合わせだ。

ただ敵襲が近いと言われるいま、米海軍の不審な動きは放置できなかった。

若干迷った末に、岸場潜水艦長は短い報告を第七艦隊司令部に対して行った。補給部隊らしき小部隊と遭遇し、それを追跡すると。

針路と現在位置も通報したので、万が一の場合には艦隊がしかるべき手配をするだろう。

とは言え、部隊の向かっている方向も現在位置も、第七艦隊から偵察や索敵を行うには難しい場所ではある。

飛行艇や深山改でも使えば可能だろうが、第七艦隊の飛行艇はすでに索敵で手一杯であり、深山改にしても虎の子なので、どちらにせよ、この程度の情報で出すのは難しい。

つまり、索敵機を出させるにはそれだけの根拠が必要だ。岸場潜水艦長はそれを手に入れようというのだ。

彼の勘は、この部隊が何か重要な意味を持つことを囁《ささや》いている。タンカー一隻以上の価値が、彼らにはある。

追跡を開始してから一二時間が経過しようとする現地時間一九〇〇。伊号潜水艦は、すでに三〇〇キロ以上移動していた。

夜にはまだ早いなか、敵部隊はようやく針路を変更しはじめる。四隻の護衛駆逐艦が両脇からタンカーと貨物船を守る形であったものが、単縦陣に組み変えた。

さらに、極超短波の無線電話の交信が傍受できるようになった。岸場潜水艦長は、その報告を通信長より受けると、哨戒長に艦橋を任せ、自分は無線電話のもとに飛んで行く。

レシーバーを受け取ると、すぐに英語が飛び込んでくる。中学や海兵で学んでいるので、英語のやり取りは聞き取れる。さもなければ、実戦での指揮官として戦果をあげるのは難しい。

「タグボート!?」

会話を素直に解釈すると、タンカーとタグボートの間のやり取りだった。座礁に注意しろとか言っている。

確かにこの海域は暗礁が多い。ハワイからミッドウェー島に連なるハワイ・天皇海山列に近いからだ。

そのため、ある部分だけ急に水深が浅くなる。岩礁が見られることもあるようだ。

ただ日本海軍もこの海域の正確な海図はできていない。航路帯から離れているからだ。というより、こんな危険な海域を航路には含めない。

どうも比較的大きな部隊がこの周辺にいるようだ。岸場潜水艦長は、一度ここで潜航することにした。とりあえず潜航できるだけの水深はある。

それでも水測機により、水深の確認だけは怠らない。ゆっくり前進し、座礁しそうな場所は避ける。

この音で気取られるかどうかはわからないが、遠距離であり、その心配は少ないと判断した。

それには暗礁がどこにあるかわからないような海域で、敵駆逐艦も自由に行動できないだろうという読みもある。

敵に向かって前進するも、水深はかなり危険な水準になっていく。岸場潜水艦長は前進を止めると、周囲を潜望鏡で偵察し、司令塔だけ海面に出し、モーターで前進することにした。

司令塔から周辺を確認しなければ、さすがに危険だ。とは言え、完全に浮上するのもまた危険。

小型に作った司令塔のみを海面上に出せば、発見されるリスクは低い。もうすぐ夜になるなら、なおさらだ。

遠くにタグボートがタンカーを動かしているのが見えた。タグボートは二隻あった。

しかし、岸場潜水艦長が驚いたのはそんなことではない。

「あれは人工島か！」

人工島というのは、いささか言い過ぎだろう。天然の島はちゃんとある。ただその島は全長でも一〇〇メートルか、せいぜい二〇〇メートルだろう。大型軍艦よりも小さな島だ。

その島に鉄の箱が並べられ、軍港のようなものができている。特設艦船と思っていた三隻の貨物船も島から長く延びている桟橋に並び、倉庫のような役割を担っているらしい。

桟橋の上では、移動式のクレーンが荷物を降ろしているようだ。

島は建設中で照明が灯っている。さすがに島の周囲のみで、下向きにしか照明はなされていないが、岸場潜水艦長の位置からは作業の様子がよくわかる。

水測機は水深が一気に深くなったことを告げる。どうやら米海軍は、艦隊が寄港できるように水路を浚渫したらしい。

そうして岸場潜水艦長は、この島の全体の構造が理解できた。

まず島はクレーターの中心が高くなっている構造をしていた。ただ海面より上に出ているのは中心の高い部分だけで、クレーターの大半と外周は海面下にある。

暗礁はこの海面下の外周部だ。米海軍はこの外周部を掘削し、水路を築いた。そして海面下のクレーター部分は、水深は浅いが基本的にたいらなので、橋脚のようなものを組み上げれば、桟橋は容易に建設できる。

全体の構造を見ると、中心の島から放射状に桟橋を展開し、それぞれの桟橋に左右から貨物船が接舷している。

ただ島にはいくつかの建物は見えるが、倉庫らしい倉庫はない。さらに、東半分の桟橋には多数の貨物船が接舷しているのに対して、西半分の桟橋には接舷する船舶はない。

それでもしばらくすると、四隻の護衛駆逐艦が、空いている西側の桟橋に接舷しはじめた。それは燃料補給などをしているものと思われた。

それと同時に、船団を編成していたタンカーや貨物船も東側の桟橋に移動をはじめた。

「潜艦長……あれは……」

「そうだ、哨戒長。あれは補給基地だ。米軍とはとんでもない連中だな」

島に倉庫がないのも道理。桟橋に並ぶ貨物船が、そのまま倉庫として活用されているのだ。

さらに貨物船とおぼしき船舶の中には、病院船まであった。病院船は二隻。おそらく一隻は本国の病院へ後送するためのもの、もう一隻は緊急の医療処置を施すものなのだろう。彼らはそこまで準備している。

その時、岸場潜水艦長が感じたものは、敗北感だったかもしれない。日本軍が軍事的価値なしと判断したような島嶼を、アメリカは資源と技術により見事に戦力化してしまった。

彼はそうした彼我《ひが》の技術と経済力の差、それ以上に発想の差を見せつけられた気がしたのだ。こんなものを日本海軍の誰一人として思いつかなかったではないか。

貨物船を倉庫として活用するというのも、単純な発想のようでいて実際は違う。どの船に何を載せ、それをどのような順番でどう管理するか？

貨物船の数が増えれば増えるほど、処理すべき事務作業は急増する。それをこなせるだけのノウハウが彼らにはある。

岸場潜水艦長は、そうした敵の野戦補給基地について、確かに強い印象を受けた。

だが、同時に自分の任務を忘れたわけではなかった。この洋上補給基地は芸術品かもしれないが、破壊しなければならないものだ。

そして破壊は難しくなかった。島の東半分には貨物船が自由に出入りできるように水路が掘削されている。

潜航しながらの潜水艦の侵入は難しく、水路について案内してくれる者がいなければ、すぐに座礁してしまうだろう。

タグボート以外の小艦艇が見当たらないのは、この侵入しやすさもまた罠であるからだろう。あるいは機雷原の一つもあるかもしれない。

しかし、魚雷を正しく調定すれば、外部から水路を通って浅い海面でも魚雷だけは進出できる。

言い換えれば、潜水艦は安全な距離を保ちつつ、魚雷だけを撃ち込める。ただし、雷撃の照準は難しい。

だが、米海軍側は自分たちの設備の能力を過信していたのだろう。夜間になると、作業中の船舶は照明を点《つ》けはじめた。

灯火管制について、彼らが配慮しなかったわけではない。しかし、不完全だった。少なくとも伊号第二〇三潜水艦からは、彼らの動きを知ること は難しくなかった。

彼らの灯火管制は不完全であったために、遠距離からは発見が難しかったとしても、近くの敵に対しては効果が薄い。

彼らは敵などいないと思っていたのだろうが、あいにくと伊号潜水艦はここにいる。

どうやら補給基地はなんとか完成したが、それを運用する部隊はまだ到着していないようだった。少なくとも完全には。

「部隊の到着が遅れているのでしょうか」

「ある意味でそうだろう」

「ある意味とは、潜艦長?」

「我々がこの基地を発見できたのは、多分に偶然と幸運による。しかし、ここが本格的に活動を開始すれば、すぐに発見されるだろう。我々だって仕事はしている。

それは米海軍も理解しているだろうし、動かすからにはそれを前提としているはずだ。そうしたことから考えるなら、おそらくこの基地の活動期間は最初から長くない」

「短期決戦用?」

「というより、使い捨ての補給基地だろう。船を倉庫とするのは、展開を迅速にできると同時に、撤退も迅速にできることを意味する。アメリカの国力なら、桟橋を放置しても痛くもかゆくもあるまい」

「使い捨てですか……」

「そして、我々は敵のマキン・タラワ侵攻が近いことを知っている。つまり、敵は侵攻の直前に基地を稼働状態にして、侵攻作戦が終了したらこの基地を撤収するのだ。

もしもマキン・タラワが陥落したならば、米海軍はそこを拠点として活用できる。この孤島よりはるかに強力な基地となるのは間違いあるまい」

だからこそ、と岸場潜水艦長は思う。この未完成の補給基地をいま破壊できるなら、敵の侵攻を阻止できぬまでも大幅に遅らせることができるだろう。

それはつまり、この戦争の戦局を大きく動かすことにほかならない。その重要な要《かなめ》の部分に、いま自分はいる。

「備砲がほしかったな」

一〇センチクラスの大砲があれば、桟橋に並ぶ貨物船を次々と砲撃できただろう。彼は一瞬、そんな光景を夢想する。

しかし、戊型潜水艦に備砲はない。また、口で言うほど岸場潜水艦長も備砲がほしいとは思わなかった。

タンカーを雷撃すればいい。一隻でも雷撃が成功すれば、隣接するタンカーも誘爆する。そしてタンカー二隻が誘爆すれば、周辺の貨物船も無傷ではすむまい。

おそらく物資の備蓄量を稼ぐためだろう、補給基地は桟橋に密集して碇泊している。だからこそ、タグボートによる支援が重要なのだ。

しかし、これにより貨物船群は身動きがきかない状態になっている。桟橋すべてが埋まっているわけではないが、密集は変わらない。

そして、船舶を倉庫として活用するということは、船内の物資は積み込んだままだ。可燃物が山積しているわけである。

伊号第二〇三潜水艦は司令塔だけを海面に出し、モーターで位置を微調整する。ディーゼルエンジンを作動させて気取られたくはない。それだけこの孤島の補給基地は、船舶の周辺以外は静かであった。何もないのだ。

「雷撃準備完了!」

報告とともに、岸場潜水艦長は艦橋から雷撃を命じる。戊型潜水艦の魚雷は酸素魚雷が三分の一、残りは電池魚雷だった。

酸素魚雷は遠距離からの軍艦攻撃用。電池魚雷は接近しての交通破壊戦用。後者が多数というのが、昨今の海戦の実状を如実に表している。

魚雷発射管からわずかに気泡があがったが、それからは何もわからなかった。タグボートは彼らの位置から島の反対側にいる。

護衛駆逐艦はすでに罐の火を落としているらしく、乗員たちの一部が島におりていた。雷撃するならいましかない。

岸場潜水艦長は時計を見る。命中までは三〇秒ほど。それ以上で何も起きないなら雷撃は失敗だ。

だが雷撃は成功した。まず三本の魚雷がタンカーとその桟橋に命中する。それは予想以上の大爆発だった。

燃え上がる液体が天に昇り、そして燃えながら島と桟橋に降り注ぐ。

「全速後退!」

伊号潜水艦は大急ぎで後退する。予想以上の爆発に、下手をすれば自分たちまでまきこまれかねない。

どうやら、あのタンカーには航空機用燃料が満載されていたらしい。つまり、空母部隊の補給もこの基地で行われる予定だったということだ。

予想外は、貨物船が突然爆発したことだった。外れた魚雷が、普通はそのままどこかに行くはずが、密集していたことが裏目に出た形だ。

近接の貨物船が爆発したことと、上から燃えている燃料が降って来たことで、まずタンカーが誘爆する。

こちらは船舶用の重油タンカーらしかったが誘爆の結果、タンカーからは燃えている重油が海面に広がり、周辺の船舶を炎上させた。

護衛駆逐艦はすぐさま動きたかったのだろうが、罐の火を落としていたためにどうにもならない。

そうしている間に空と海面から燃える液体が、それらに火災を起こす。

奇跡的に無傷だったのが、どうやら二隻のタグボートらしい。それらはまず護衛駆逐艦の消火作業にあたっていた。もはや貨物船を救えないのは明らかだからだ。

それとて容易な作業ではない。伊号第二〇三潜水艦はそのまま後退し、潜航可能な海域に急ぐ。

すべての詳細を艦隊司令部に打電したのは、その後だった。

2

昭和一九年六月六日〇七〇〇、タラワ島。

第七艦隊司令部の山口司令長官は、まとめられた伊号第二〇三潜水艦の報告書に目を通していた。

「こんなものまで米軍は用意していたのか」

山口司令長官はその報告書に複雑な感情を抱いていた。

こんな補給基地を建設してしまった米軍の力量、そしてこれが意味する敵の襲撃が近いこと。さらには友軍の潜水艦がたった一隻で、この基地を破壊してしまったことなど。

「参謀長、これで敵部隊の侵攻はどの程度遅れると思う?」

それに対する岸本参謀長の意見は意外なものだった。

「ほとんど影響はないと思われます。あっても数日でしょう」

「ほとんどない? 補給基地が破壊されたのにか」

「正確には補給基地の一つが破壊された、です。伊号二〇三潜の報告から、問題の補給基地の能力を計算してみました。

その見積もりからすれば、米海軍の標準的な補給船団よりも規模は小さい。そもそもタンカー二隻、しかも一隻は航空機燃料用となれば、そこでまかなえる艦艇燃料の量は限定的です。

機動部隊を動かすには、あの程度の基地では十分とは言えません。少なくとも、あと一箇所はあのような基地が必要となります。じっさいはもっとあるかもしれません」

「米海軍は小さな補給基地を分散して、大規模な部隊を支えようとしている。つまり、そういうことか」

「主計長とも話し合ってみたのですが、こうした分散では、必ずしも効率的な運用は望めないそうです。補給基地相互の連絡が煩雑《はんざつ》になりますから。

ただ主計長の意見として、補給基地相互の調整を回避する方法が考えられるそうです、米海軍ならばですが」

「どういう方法だ?」

「一つ一つの補給基地に、やや過剰に物資を集積し、作戦は短期決戦で終わらせる。つまり、補給基地の物資が尽きる前に作戦を完了させる。そうすれば調整作業は必要ない」

「つまり、伊号二〇三潜が破壊した補給基地のような施設を、米海軍は使い捨てるつもりだったということか」

「主計長の意見ではそうです。まず基地の場所が、マキン・タラワ攻略作戦以外の用途では、非常に使いにくい場所にある。長期間維持するには不向きである。

それと、あくまでも米軍側の視点での話ですが、マキン・タラワを占領したならば、そこに大規模な補給拠点を建設できる。恒久的な基地は、それを利用すればいい」

「あの補給基地は、あくまでもマキン・タラワを占領するためだけに使い捨てていいというわけか」

山口司令長官は、参謀長と主計長の意見に複雑な思いだった。一つの作戦のためだけに基地を使い捨てにするという発想は、山口といえどもなかった。

というより、そんなことができるのは、米海軍くらいのものだろう。

国力の差はあっても、作戦面に関しては日米海軍に差はない。彼はそう思ってきた。いままで絶対国防圏を守り切ってきたことも、彼には十分根拠となると思ってきた。しかし、そうではないようだ。

圧倒的な国力の差が、用兵面の選択肢を広げる。使い捨ての軍事基地という発想は、まさにその国力の差があってこそ、はじめて生まれる発想ではないのか？

問題は、国力の差から生まれる用兵面の発想の違いが、補給基地だけにとどまるのかということだ。

自分たちの防衛計画は、何かとてつもない見落としをしているのではないか？

山口司令長官にとってこの補給基地の存在は、基地そのものよりも、それを建設した発想においで彼を不安にさせた。

「とりあえず我々がなすべきことは、同様の補給基地がほかにいくつあるのか？　それを発見し、破壊することだな。

すべてといわずとも、大多数の補給基地が破壊されれば、敵の侵攻計画は大幅に遅れることになる」

「早速、作戦案を立案します」

「頼む」

3

一九四四年六月六日〇九〇〇、ハワイ。

「チャーリーが破壊されたというのか」

ニミッツ司令長官にとって、その報告はきわめて不快なものだった。

そうでなくても、日本のいわゆる絶対国防圏を突破するフォレージャー作戦に関して、色々と不愉快なことが起きている。

マキン・タラワの偵察だけで、多数の潜水艦と空母までが失われているのだ。

「残念ながら、輸送部隊が潜水艦に追跡され、碇《てい》泊《はく》した瞬間を狙われました」

参謀長もまた、そんな報告などしたくないというのが表情に表れている。

「この報告書には、たった一隻の潜水艦の雷撃により基地は破壊され、四隻の護衛駆逐艦は何も反撃できなかったとあるようだが、これは事実なのか」

「残念ながら、事実です」

護衛駆逐艦は罐の火を落としていたとか、弁明すべき点はある。しかし、ニミッツ司令長官が問題にしているのはそんなことではない。

理由はどうあれ、何一つ反撃できなかった理由こそ、彼が問題にしている点だ。

「夜間、彼らはどうして正確な雷撃ができたのか？　レーダーを使用した痕跡はなかったとあるが」

「詳細は調査中ですが、灯火管制に問題があったのかもしれません」

「つまり、規律の弛緩《しかん》か」

「そういう言い方も可能かもしれませんが……」

「いや、規律の弛緩だ。こんなことで我々は日本軍に勝てるのか？　マキン・タラワを攻略できると貴官は信じられるのかね」

「すでにそうした議論をする段階ではないと小職は考えます」

参謀長はしぼり出すように、そう返答する。それに対してニミッツ司令長官は暗い表情を浮かべた。しかし、参謀長には何も言わなかった。

司令長官は自分の采配を悔いているだけだ。この男はもっと早く更迭すべきであったと。じっさい、それはずっと考えていたことだ。

最近では、参謀長と話をするのも苦痛になっていた。それを表には出さないようにしていたが、不快であるのは間違いない。

ニミッツ長官の参謀長への評価は、「口だけで何もしない男」だった。もちろん、本当に何もしないわけではない。それなら早々に放逐できる。

そうではなく、参謀長は事務方としては有能だった。そう、平時の参謀長としてなら文句はない。

しかし、いまは戦時だ。そして日本軍の侵攻を止めているとはいえ、戦線は膠着《こうちゃく》したまま。

日本軍の拡大を阻止したとしても、誰も膠着状態は望んでいない。我々は前進しなければならない。それには彼は向いていない。

真珠湾の損失を工業力で補い、戦備を拡充するまでは攻勢に出ることはできなかった。守勢にいる間は、参謀長のこうした性質も顕在化することはなかった。

積極的に出られない以上は、誰がやっても采配は消極的になり、参謀長の気質はわからなかった。問題もなかった。

だが戦力が拡充し、いよいよ攻勢に出られるとなった時、彼の消極性が全体の足枷《あしかせ》となりつつあった。

その傾向が見えた段階で更迭すべきだった。できなかったが。

要するにタイミングが悪かった。参謀長の更迭が部隊の士気に悪影響を及ぼすかと逡巡するうちにフォレージャー作戦の具体化作業がはじまり、ますます更迭できなくなってしまった。

陸軍も関係するこの作戦の中で、太平洋艦隊の参謀長を更迭はできない。また、なぜか参謀長は陸軍側には受けがよかったこともある。

だがそれは結局、言い訳に過ぎなかった。フォレージャー作戦の実行が秒読みに入ったいま、ニミッツ長官は部隊の規律に大きな問題があることを知った。

そして、この危機的状況を目の前の参謀長は理解していない。最悪だ。なにより、いまこのタイミングでは更迭できないことが。

「ほかの補給基地はどうなのか」

「アルファ、ブラボー、デルタ、エコーの四箇所については、すでに備蓄も完了し、いつでも戦える準備ができています。

チャーリーが破壊されても、作戦を進めるうえでは十分な物量を補給できるでしょう」

「憶測は必要ない。補給が円滑にできるかどうか、書類として提出してくれ。

それとチャーリーの存在を知られたことで、日本軍はアルファほかの基地についても存在を察知した可能性がある。それに対して適切な対応をとる必要がある」

「ですが、いまここでは動かないほうがいいのでは？」

「何もするなというのか」

「下手に動けば、かえって敵に補給拠点の存在を知られてしまいます。作戦までは日数もありません。新たに部隊を動かすことは事態を混乱させるだけです」

　ニミッツ司令長官は何度目かになる怒りを覚えた。この男には対応策を検討しようという根性も度胸もないのか？

　ニミッツ司令長官は参謀長を下がらせると、しばし考える。

「情報参謀を呼んでくれ。そう、レイトン中佐だ」

4

昭和一九年六月八日〇九〇〇、ギルバート諸島。

　伊号第二〇三潜水艦は、特設潜水艦母艦と邂逅《かいこう》していた。生鮮野菜などの補給が行われたが、主たる目的はそれではない。そもそも物資補給を彼らは必要としていない。なにしろ出動したばかりなのだ。

　魚雷こそ四本消費したが、ほかは燃料も食糧もまだ任務遂行には十分な量がある。

　それでも特設潜水艦母艦と邂逅したのは、先の敵補給基地破壊の報奨のようなものだ。乗員たちに休暇を与え、狭い潜水艦から広い母船で静養できる。

　特設潜水艦母艦は前身が貨客船であり、物資補給と乗員の休養にはうってつけだった。ともかく戦域の拡大と兵器の高度化は、経験を積んだ人間の価値をいままで以上に高めていた。

日本海軍では潜水艦の乗員はもっとも高度な教育を施していることもあり、その消耗には神経質で、給養にも注意するようになっている。

潜水艦は造船所で量産できるようになったとしても、乗員はそんな急には増やせないのだ。

伊号第二〇三潜水艦は一日だけ母艦と邂逅する。その間に直《ちょく》をやりくりしつつ、乗員たちは交代で休養にあたった。

その間に特設潜水艦母艦からは搭載している水偵が飛び立っていた。雷撃で破壊された補給基地の写真撮影、つまりは戦果確認を行うためだ。

水偵は詳細を無電で送っていた。そのすべてを岸場潜水艦長が知ることはなかったが、どうやら基地はいまだ炎上しており、さらに誰も消火作業を行っていないらしい。

護衛駆逐艦やタグボートがどうなったかまではわからないが、あれだけの火災を護衛駆逐艦で消火できるとも思えない。乗員の救助で手一杯だろう。

ともかく、いまだに炎上しているおかげで水偵の航法は非常に楽であったらしい。

岸場潜水艦長が部下とともに、母艦の艦長とこの補給基地について意見交換の場を設けたのは、食事の時だった。

水偵が帰還し、撮影した写真の現像が上がったのがそのタイミングであったためだ。時間的余裕もないため、食事中の検討会となったのである。

「主計長、この基地ならどれだけの部隊を支えられる？」

岸場にとって意外だったのは、艦長がほかの将校よりもまず、主計長に意見を求めたことだった。普通は艦長の参謀役となる先任乗組士官に意見を訊くものだ。

もっとも、兵站《へいたん》補給の専門家が主計長であればこそ、この采配を不合理とは言えないのは理解できるが。

「この補給基地が完成したものだとすると、運用はかなり特殊かもしれません」

「どうしてです?」

岸場潜水艦長は尋ねる。主計長は、自分が気がつかないような何かをそこに読み取ったのか。

「通信施設です。火災が起きて陸の建屋もかなり燃えているようですが、通信施設があったとしたら当然あるであろう、鉄塔その他の痕跡が写真からは見えません。

潜艦長は大きな通信塔の類《たぐい》を目撃されましたか」

「いや、特にそのようなものは。通信線らしい電線は若干張られてましたが。まぁ、陸といっても軍艦と同規模の大きさですからね。それが?」

「この基地一つでは、標準的な米海軍の補給部隊一つにも満たない。大規模部隊を支えるには限界があります。

ですから、敵が大攻勢をかけてくるなら、こうした補給基地はほかに三つ、四つは必要でしょう。最低でも、もう一つ必要です」

「それと通信施設がどのような?」

「主計の立場でいうならば、需品管理を合理的に行うには、補給施設間での物資の融通が不可欠です。

作戦の進展によっては、後方の基地から最前線に近い基地に物資を輸送する必要も生じます。

そうした調整を行うためにも、基地相互の密接なやり取りが必要となる。日本であろうがアメリカであろうが、兵站補給には経理・主計業務は不可欠ですから。当然、高い通信能力がなければならない」

「だが、そんな施設はなかった」

「そうです。そうなると出てくる結論は一つ。あの基地は過剰な物資を備蓄していた。だから作戦の進捗によって、物資の融通を行う必要がない。多少計算外のことがあっても、手持ちの物資で対応できる」

「金持ちの戦争だな」

その場の誰かがそんな感想を漏らしたが、それは全員の感想でもあった。

「まぁ、単純に金持ちだからとは言えないかもしれません。

敵はマキン・タラワの攻略を意図している。マキン・タラワは軍艦と違って移動しない。戦域は島の周辺ですから、物資の輸送量も輸送距離も、予想は比較的容易かもしれませんけどね」

そこで艦長がはじめて口を開く。

「主計長、それが正しいとして、敵はこうした基地をほかにいくつ作ると思う?」

主計長はしばし考える。

「作戦のために建設された基地が過剰な物資備蓄を行うとして、問題は何割の余禄を確保するか。

この写真から判断すると、駆逐艦のような艦艇はともかく、大型軍艦の接舷には制約があるようです。おそらくこの桟橋だけが接舷可能な桟橋でしょう。すると、補給可能な大型艦の数がわかる。

それらが必要とする物資と、桟橋のタンカーや貨物船の物量を比較すると、そうですねぇ、概算で必要量の六割増しという数字になりますか」

「六割、それもまた過剰だな」

「あるいは、今回のように基地が発見される可能性も織り込んでいるのかもしれません」

「そうだとすると？」

「作戦実行に必要な最低限度の物量は基地二つ分ですが、六割の余剰を加味すると最低限、基地は三つ必要になります。

おそらく主たる補給拠点は三つ。それと同時に、基地が発見され、喪失する分の予備もあるはずです。同じ比率で用意するなら、予備の基地が二つ。結論として、米海軍の補給基地の総数は五つとなります」

「一つ破壊して四つ残っている。しかし、米海軍の作戦進行にはなんら影響しないというのか」

「あくまでも物量だけで考えるなら、そういう結論になります」

室内で発言するものはなかった。岸場潜水艦長は特にそうだ。

一大補給基地を破壊し、これで敵軍の侵攻を大幅に遅らせることができたと思っていたのに、現実は大勢に影響なしとは。

主計長は申し訳なさそうな表情を岸場に向けるが、彼はむしろ主計長に感謝したいくらいだった。

それに、事の責任は主計長ではなく、これだけの馬鹿げた物量を用意した米軍にある。六割増しの、さらに六割増しとは、必要量の二・五倍もあるではないか。

「とりあえず、この件は司令部に報告すべき案件だな」

翌朝、岸場潜水艦長はタラワからやって来た飛行艇と潜水艦母艦の邂逅を目撃する。

「第七艦隊司令部は本気だな」

岸場潜水艦長は激闘が迫っていることを実感していた。

2章

昭和一九年六月、侵攻

1

昭和一九年六月一〇日現地時間〇六〇〇、ギルバート諸島。

この時、第七艦隊に所属する水上機母艦若宮は、マキン・タラワよりも北方に進出していた。いわゆるミッドウェールートからの敵襲に備えるためである。

艦載機は八機と定数を満たしている。情報収集の最前線であるからだ。だから夜間も、常時一機が周辺海域を飛行している。

これは若宮が電探を停止していることもある。徹底した無線封鎖により、その存在を消しているのだ。

じつは、水上機母艦としては二代目となる若宮は、水上機母艦のみの軍艦ではなかった。一つには物資輸送のための輸送艦としての役割だ。

もともと水上機母艦は補給艦としての機能が必要であり、それに高速性能があれば、輸送艦として用いることは容易である。

この補給艦としての性能から、潜水艦母艦としての任務を果たしたこともある。

また大発と完全武装の兵員を乗せ、水上戦闘機で制空権を確保しながら陸戦隊を上陸させるという、水陸両用作戦を成功させたこともあった。

主砲は七五ミリ砲二門という非力な軍艦ながら、上陸作戦の火力支援には野砲と同様のこの主砲が手頃な火力として活躍した。

若宮のもう一つの機能は、通信施設としての役割だ。水上偵察機からの無線通信を傍受し、艦隊司令部に中継するという任務の性格を考えれば、これも不自然なことではない。

ただし、通信施設としての真価は、敵軍の通信傍受と分析にあった。時にはあえて危険を冒して敵勢力圏に水偵を飛ばし、反応を傍受するようなことも行われた。

そうした軍艦なればこそ、飛行科についで通信科の陣容が充実しており、先任乗組士官の数も多い。通信分析などには、数学の高等教育を受けた大学出や専門学校卒のほうが向いているとの判断からだ。

この時も通信科は昼夜の別なく働いていた。通信科の人間が多いのは、一つは伊号第二〇三潜水艦のように気球を運用しているためだ。

高空にアンテナを展開し、通信傍受を行う。大型水上艦船のほうが、こうした任務では通信能力が高い。

「通信量が激減したのか」

下川通信長の質問に掌通信長はノートを広げる。

「激減というより、途絶に近いですね」

ノートには時間と通信量に関する記述と、それをグラフ化したものが描かれている。

「ミッドウェー島とハワイの通信量は、この一〇日ばかり急増していましたが、今日は激減していますす」

「確かに激減しているな」

下川通信長はノートの数値を指でなぞる。そこには傍受可能なすべての電波情報が記されていた。

「電探の電波も激減しているのか」

「そうなんです」

電探の電波を傍受するため、気球を用いてアンテナを展開しても受信能力には限界があった。

もともと電探の電波傍受はついでのようなものであり、本来の目的は言うまでもなく、通信傍受にある。

ミッドウェー島で米軍に何か動きがあるのは確からしい。潜水艦などの偵察で、多数の船舶が集まっているのは確認されている。

ただこの偵察だけで潜水艦一隻が失われており、また別の潜水艦から発進した特殊潜航艇二隻も未帰還となっている。

航空偵察も試みられてはいたが、撃墜機こそだしていないものも、目に見える成果もあがっていない。

米軍にとってマキン・タラワが未知であるように、日本にとってはミッドウェー島が未知であった。

ただ日本が守勢を貫いているいま、戦略的な重要性ではミッドウェー島にマキン・タラワほどの価値はなかった。

総じて第七艦隊司令部の分析としては、ミッドウェー島の動きは兵站補給拠点であろうというものだった。

あのような小島では大艦隊の母港にはならない。補給拠点という見解は、伊号第二〇三潜水艦の報告からも間違いないと思われた。

だからこの島に大量の船舶が集まるというのは、大攻勢が近い徴候と思われていた。その通信が激減したという。

「物資の揚陸が完了し、輸送船団は本国に戻った。そういうことだろうな。船舶が去ったから電探にも反応がない」

下川通信長の意見に掌通信長は納得し切れていないようだった。

「揚陸が終わったとしても唐突すぎませんか」

「唐突にしなければならん事情があったのかもしれん」

「しなければならない事情?」

「伊号二〇三潜だ。米海軍の補給施設を彼らは発見して破壊した。そのことは米軍も十分承知しているはずだ。

司令部の分析では、同様の施設は複数あるらしい。ミッドウェー島がそうした施設の一つであったとすれば、すべての作業を早急に終わらせねばならない。

つまりは、補給施設を日本軍に破壊される前に攻勢に出る必要があるということだ」

「なら、信号の途絶は……」

「攻勢に出る準備を終えたということだ。敵艦隊が今週中に現れたとしても、自分は驚かんな」

「一週間以内ですか」

「部隊を前倒しで出撃を調整するなら、それくらいの時間は必要だろう」

「となれば、こちらから攻撃をかけるための時間もないですね」

「下手な部隊では返り討ちになる。さりとて、それなりの規模の部隊を編成している時間はない。

なにより敵襲が近い中で攻撃部隊を派遣するのは、兵力の分散になりかねん。各個撃破される危険は冒せんだろう」

「敵も急がねばならないと」

「日米ともに、時間が武器となるな」

通信長からの報告を受けた水上機母艦若宮の新山艦長は、すぐに水偵を発艦させた。敵船舶がミッドウェー島から離れたなら、水偵で確認できるだろう。

船団を捕捉し、その規模を特定できたなら、敵の物量を推測する手がかりになる。うまくすれば、集結する敵部隊の一部を発見できるかもしれない。

「移動中の部隊との遭遇ですか？」

飛行長は発艦準備を進めるかたわら、艦長の意図を確認する。

「伊号二〇三潜の発見で、敵軍が作戦を前倒しした。それがこの通信途絶の意味であれば、敵軍はまだ編成を終えていない。

侵攻がミッドウェールートなら集結途上の敵部隊を発見できるはずだ。うまくいけば、航空隊で各個撃破できるかもしれん」

敵補給基地に関する司令部と現場部隊の認識は、必ずしも一致していなかった。

情報は共有されていたが、分析に関して第七艦隊司令部は、さらなる情報収集が必要と判断したためだ。そのため司令部の中間的な分析まで現場部隊には伝わっていない。それがあれば、新山艦長の判断は、あるいは違っていたかもしれない。

しかし、彼は自分の知る範囲の情報で、合理的と思われる判断を行った。そして水偵は出撃した。

2

昭和一九年六月一〇日現地時間〇七〇〇、ギルバート諸島。

水上機母艦若宮から発艦した零式水上偵察機は、北上を続けていた。八機の水偵のうち三機がこの偵察任務についていた。

必要なら残りの水偵が後続として出撃することになっていた。かなり広範囲な索敵が行われるのは、索敵対象が必ずしも明確ではなかったためだ。

もっとはっきり言えば、敵がいるかどうかもわかっていない。一応、輸送船団と遭遇する可能性が高いと考えられてはいたが、それも状況証拠の類であって物証は乏しい。

むしろ、この索敵任務により物証を得るというのが正しいだろう。それだけに何に遭遇するか未知数の部分も大きく、なにも遭遇しない可能性も高かった。

もちろん、なにものとも遭遇しないというのも立派な情報ではあるが。

日本海軍の水偵には電探や短波方位探知機などを装備しているものも増えていたが、すべてがそうした装備を持っているとは限らない。

生産の都合もあれば、航空機には過剰に装備を搭載できないという問題もある。だから電波兵器の装備については、まちまちという部分もあった。

水上機母艦若宮の艦載機については、通信傍受艦という性格もあって、搭載水偵の多くは逆探を装備していた。航空機用の高性能な装備だが、これを積むと電探を載せる余力はなかった。

ただ水偵の運用という点では、これが大きな問題となることはそれほどなかった。要するに、重要なのは機体の装備より運用の合理性なのだから。

「逆探に反応は？」

操縦席の機長に伝声管で無線員が報告する。電波兵器の運用の難しさは、こうした面にもある。

短波方位探知機は航法員が、逆探は無線員が担当することが多い。ただこれは海軍に明確な基準があるわけではなく、現場の実情に合わせて対応していた。

海軍当局はこうした状況に対して、兵装と担当者の明確な役務や職掌を定めるのではなく、航法員、無線員の両方に短波方位探知機や逆探の使用法を教習することで対応した。

海軍としては付加価値の高い人材育成を、より重視した格好だ。そのほうが現場レベルでの作戦運用に柔軟性が期待できる。

「なんの反応もありません。この方面に電探を使用している艦船はないみたいですね」

「空振りか……」

機長としては判断の難しい局面だ。何もないのも重要な情報ではあるが、何もないことの証明は難しい。

そこにいないのか、いるが見つからないのか。その判断がつかないからだ。すでに水偵は三〇〇キロ以上、若宮から離れている。

「やはり何もいないのかもしれませんな」

航法員が言う。

「どうしてだ？」

「このあたりは晴天ですけど、今日の気象予報によれば、ミッドウェー島の周辺は濃霧に覆われているようです。

その状態で大規模な部隊が動くなら航行用の電探くらい使うはずです。距離が遠くても複数の船舶が船団として使用すれば、なにがしかの反応が逆探にあるはずです」

「どうだ、弱い反応もないいか」

「弱い反応もありません。友軍部隊らしい反応はなくはありませんが、敵軍と思われるものは反応なしです」

「そうか……もう少し重点的に偵察するるか」


それは機長の勘と言えば勘であったし、論理的帰結と言えば論理的帰結だった。

つまり、ミッドウェー島近海が電探の使用を迫るほどの濃霧であるなら、敵はミッドウェー島周辺をはじめとして、どこにもいないか、あるいはミッドウェー島周辺にはいないが、電探を使わずにすむ晴天域のどこかにいるかだ。

ただそのどちらであるかの判断は難しい。それは結局、どこまで精緻に索敵を実行したか、それにどこまで確信をいだけるか次第であろう。

この問題の難しさは、自分はどこまで事の責任を負う覚悟があるのか、それ次第なのではなかろうか？　機長はそんなことを考えていた。

「うん!?」

雲量はだんだん増えてきた。逆探を操作している無線員も含め、全員が雲の切れ間から敵船団を見逃すまいと海面を注視していた。

だから機長には、最初はそれが何かわからなかった。空中に黒点がある。最初は鳥かと思ったが、この高度まで飛ぶ鳥は希《まれ》だ。

敵機と気がついた時には、それがF6Fだとわかるほど接近していた。

「敵襲だ！」

機長はまず、水偵を雲の中に突入させた。こうすればF6Fから姿を隠すことができる。しかし、それも時間稼ぎだ。それは十分わかっている。

ミッドウェー島からF6F戦闘機がここまで飛行できるはずがない。あの戦闘機は空母艦載機だ。つまり、空母機動部隊がこの近くにいるのだ。

「逆探に反応は」

「ありません！」

「なぜだ」

「わかりません！」

敵空母部隊は電探を使用していなかったのだろうか？　では、このF6Fはなんなのか？　どうして自分たちの接近を知った？

その疑問への答えは、すぐにわかった。機長は見た。雲の間に複数の空母を擁する大艦隊の姿を。

逆探に反応があるはずがない。彼らは電探を一切使用せずに前進していたのだ。電探を使わなかったから、彼らの水偵が接近していることにも気がつかなかった。

そして彼らが遭遇したF6Fこそ、空母部隊の直衛機であり、それは電探とは関わりなく、目視で彼らを発見し、迎撃に現れたのだ。

「司令部に報告！」

機長はこの報告を母艦である若宮よりも先に司令部に打電するよう命じた。もちろん機長の真意は、若宮を無視していいという意味ではない。

若宮と第七艦隊司令部の両方に報告せよとの意味である。無線員はすぐにその意図を理解し、状況を打電する。

第一報は送ったものの、それは空母部隊の接近を伝えているに過ぎない。それも重要情報だが、肝心の空母部隊の編成がわかっていない。

ざっと見た感じでは二隻の空母が見えたが、二隻だけとは思えない。

「逆探はどうだ！」

「反応なしです！」

「あくまでも電波封鎖でいくつもりか」

Ｆ６Ｆが出撃している以上は、敵もこちらには気がついたはず。そうであれば早晩、電探は使用されるだろう。

それまでは敵も自分たちの位置はわからない。雲を使いつつ敵部隊に接近すれば、編成についてはわかるだろう。

機長は急いで雲を出て、周囲を確認する。雲の中ではほかの雲の様子などわからない。雲を抜けると、すぐ近くをＦ６Ｆ戦闘機が通過する。

攻撃されるかと思ったが、互いの針路が悪すぎて攻撃はされなかった。確証はないが、おそらくあれは先ほどとは別の戦闘機だろう。多数の敵戦闘機が彼らを追っている。

だが機長はそのことに、やや違和感を抱いた。空母部隊発見の一報はすでに入れている。自分たちを撃墜したいというのは、それ自体は理解できる行動であるが、たかが偵察機一機に対して過剰な戦力であるように思われた。

もちろん、自分たちの存在を知られないに越したことはない。しかし、マキン・タラワをめぐる攻防戦が近いことは、日米双方にとって、いわば自明のことだ。

それなのに必死になるのはどうしてか？　日本軍に察知されるのが予想以上に早かったためか？

機長はともかく、ここは生き延びることを優先する。敵がそこまで必死に自分たちを撃墜したいということは、長居をされては困る理由があるからだ。

電探を使用して自分たちを発見すれば、すぐにF6F戦闘機を向けられるのにそれをしないのも、いまだ電波発信を決断できない理由があるのだろう。

――この空母部隊は本隊ではないのか？

この状況を説明する合理的な回答は、それしかない。まだ空母部隊の全体像もわかっていないが、米軍がマキン・タラワを攻略するのが目的ならば、上陸部隊がなければならない。

しかるべき規模の上陸船団がこの近辺にいるはずだ。敵が怖れているのは、その存在が露呈することではないか？

そう考えると、すべての辻褄《つじつま》が合うような気がした。機長は常識的に考えて、上陸船団は機動部隊の後方に位置すると判断した。

もちろん二つの部隊が別々に行動し、マキン・タラワの手前で合流する可能性もある。しかし今回は、それはないだろう。

水偵が現れたことでＦ６Ｆがあれほど躍起《やっき》になるのは、近くに船団がいるからにほかならない。発見される可能性が高いからこそ、敵は水偵を遠ざけようとしているのだ。

先ほど見た雲の状態から、機長はどこを飛行するかのルートはおおむね決めていた。あえて敵空母部隊を迂回し、後方に抜ける。

艦隊と艦隊の間隔は、米海軍ならおそらく一二マイル前後、おおむね二〇キロも移動すれば、全容を把握できるだろう。

水偵はあえて空母部隊を迂回する機動をとる。だが、雲の隙間からは敵艦隊の一部が見える。つまり、敵からもこちらが見える。

それで発見されては船団を確認できない。この時、雲の隙間から機長は、一瞬だが最初に見たのとは別の空母を確認した。

最初に見たのは、エセックス級の空母がおそらく二隻。いまさっき目にしたのは、それとは異なる空母が二隻。新型空母なのか、自分が知らない空母なのかはわからない。

エセックス級空母より気持ち小さく見えたが、断言はできない。ともかく明らかなのは、敵空母部隊は少なくとも空母四隻を擁する艦隊であるということだ。

機長は若干躊躇《ためら》ったが、すぐにそれを無電で報告させる。敵がこの通信でどういう反応をするかはわからないが、空母四隻というのは報告すべき情報だ。

短時間の通信であったためか、敵の動きに顕著な反応はないようだった。

じつは機長は気がつかなかったが、彼の水偵は軽空母から目撃されていた。だがここで空母部隊は、水偵が自分たちの編成を観察しようとしていると判断してしまった。

状況から言えば、それもまたあり得る判断ではある。だがこのことから、彼らは機動部隊の上空の戦闘機密度を上げようとした。

航空機の無線電話以外の電波封鎖を続けるという判断が、この時点で不適切だったとは、一概に言えなかったかもしれない。しかし、そのことが混乱を助長したのは事実だった。

戦闘機密度を上げ、さらに雲量が多いことが、仲間の戦闘機を水偵と誤認するというミスを誘発したのだ。

レーダーを使えば、敵味方識別装置もあり、こうした混乱は生じなかっただろう。だが混乱は生じ、それはすぐに解消されたものの、彼らは貴重な時間を浪費した。

そしてその間に水偵は雲の中を進み、それを突き抜ける。

「すごい！　一大艦隊だ！」

機長は、上陸船団があるとは思っていたが、それほどの規模は想像していなかった。だがそれは、大きな認識不足であった。

多数のＬＳＴなどの揚陸艦の存在は予想していた通りだった。概数で一個師団の海兵隊はいるだろうか。

だが、それを警護する駆逐艦や巡洋艦が数十隻。さらにサウスダコタ級戦艦が二隻認められた。数から言えば、空母部隊よりもこちらこそが本隊と言えよう。

　機長は危険を顧みずに高度を落とし、上陸部隊を観察し、すぐさま打電する。部隊編成と位置を。この情報だけでも、マキン・タラワの将兵の損失をかなり減らすことができたはずだ。

「機長！　逆探に反応あり！」

「無線封鎖は終わったか」

　それはある意味、恐ろしい事実だったかもしれない。米軍は上陸船団が見つからない限り、電探を使用しなかった。

　空母部隊が発見されてもそれを貫いたのは、必要なら空母部隊さえ損害担当部隊とするつもりだったからだろう。

　作戦目的達成のためなら、空母部隊まで使い潰す。その発想と迫力は、機長にとってついていけないものに思えたのだ。

　空母部隊は水偵に対して、戦闘機による迎撃をしただけだった。もちろんそれは十分に脅威だったが、雲もあり、逃げることも可能だった。

　その点で、水偵の機長は航空機を持たない上陸船団については楽観していた。だがそれが認識不足であることは、すぐ明らかになった。

　戦艦のうちの一隻が、水偵に対して対空火器を向け、発砲しはじめた。それでも機長は実戦経験が豊富だった。

　こうした修羅場を何度か潜ったことはある。対空火器など、そうそう命中するものではないことも経験として知っていた。さもなくば自分はこうして生きていない。

だが、この時はいつもと違うことがすぐにわかった。まず高角砲の弾幕が違う。それは高角砲の発射速度ではなく、弾着が水偵周辺にかたまっているため、つまりは命中精度が高い。

機長は、その高角砲がレーダーと連動した最新鋭の対空火器であることを知らなかった。ただその威力を体感しただけだ。

彼の試練は高角砲にとどまらない。砲弾の多くが至近距離で起爆している。すでに風防が割れ、機長自身も自分が傷ついたという自覚がある。

日本海軍の高角砲の信管は時計信管で、射撃時に計算し、最適な時間に起爆するようになっている。

しかし、これは航空機の速度や針路を正確に把握していない限り、撃墜にいたることは難しい。

じっさい第二次世界大戦での命中率は、航空機の高速化と火砲の自動化の進歩から、砲弾一発あたりでは下がっていた。

この時は違う。かなり高い確率で、適切なタイミングで砲弾は起爆していた。

それを認識したのは後のこと。機長は風防が砕け散った時点で機体を急降下させていた。

結果的にこの零式水上偵察機こそ、太平洋戦争で最初にVT信管の洗礼を受けた日本軍機となった。

ただ水偵は回避が迅速だったおかげで、かなりの損傷を負った反面、撃墜には至らなかった。

機長も足に負傷したのはわかったので、ともかくマフラーをほどいて止血する。航法員は無事、無線員は返事がない。だがいま彼のことを見ている余裕はなかった。

奇跡的にエンジンだけは無事だった。高度を下げて、ＬＳＴの間を抜けるように戦艦から離れる。敵がＬＳＴに砲弾を誤射するのを避けるはずという計算からだ。

「無線員、生きてます！　気を失っているだけです！」

航法員が叫ぶ。

「無線、打てるか！」

「やってみます！」

逆探を装備した関係で、彼らの零式水偵はかつての零式水偵とは無線席の配置が異なっていた。無線員が傷つき、航法員が無事なのは、砲弾の破片を逆探の装置が遮断《しゃだん》したためと思われた。

航法員が動いている感触は機長も背中で感じていたが、何をしているかまではわからない。それでも彼が身を乗り出し、不自然な姿勢で無線機と格闘しているのはわかった。

「無線機、生きてます！」

「よしっ！」

どうやら無線員の席から電鍵だけを引っ張ってきたらしい。航法員の無線術のほうはよくわからないが、やり方は知っているはずだ。なら彼に任せるよりない。

それよりも、どこに向かうかだ。若宮に直行することは可能だが、それは若宮を危険にさらしはしないか？

だが無線員の傷を治療し、自分たち乗員が生還するためにはほかに選択肢はない。幸い、若宮は敵部隊の針路上にはない。位置的にはかなり離れている。

電探は低空の航空機を捕捉できないというのは、昨今の航空機搭乗員の常識だ。さすがに低空飛行ばかりでは燃費の悪化をはじめ、支障が生じる任務が大半なので、超低空で敵に接近するというような作戦行動はあまりとられない。

だが、いまこの時ばかりは低空で逃げて行くよりない。空母部隊を迂回し、F6Fに遭遇しないようにする。

運がよければ、敵は自分たちを撃墜されたものと誤認してくれるかもしれない。それは根拠の低い話だが、いまはその根拠の低いことを前提とするよりなかった。

「報告、終わりました！」

航法員が言う。忘れた頃の報告だったが、彼も慣れない作業に手間取ったのか。

座席の位置関係から、航法員は送信できても受信まではできないはずだった。だからじつのところ通信が届いているかどうかは、これもまた運次第だ。

しかし、彼らは運に恵まれていたようだ。敵艦隊の近くを通過したはずなのに、F6Fと遭遇することはなかった。

もっともあの位置で艦隊が発見されたなら、陸攻隊の攻撃は不可避だ。水偵一機のために貴重な戦闘機を割くわけにはいくまい。

やっと安全かという位置まで進出して、機長は水偵の高度を上げる。機体には多くの孔があいている。高角砲の破片のためだ。

――どうしてこれだけ叩かれた？　いや、よくも生きているものだ。

それが機長の率直な感想だ。機長は再度、司令部に通信を入れさせる。敵戦艦の対空火器が尋常ではないことを。

もっとも、自分たちの経験がどこまで通じるかは疑問だった。限られた文字であり、なにより、そんなすごい対空火器の応酬を自分たちは生き延びている。危険と言っても説得力には欠けるかもしれない。

「あったぞ！」

航法員が無線に専念しているため、航法は機長自身が行った。自信はあったが、激しい戦闘の後であり、不安がないと言えば嘘になる。

じっさい水上機母艦若宮が見えた方位も時間も、機長の予想とはかなり違っていた。それでも帰還できたことには違いない。

すでに若宮からはカッターが待機している。無電を傍受して負傷者の収容準備をしているのだろう。

着水してみて、機体が限界を迎えていたことを機長は知った。着水し、波をかぶったとたん、右翼の先端が分離した。このまま飛行していれば、空中分解もあり得たかもしれない。

機長とほかの乗員を回収して、機体はそのまま放置された。その理由はカッターに移乗してすぐにわかった。

機体全体に大小さまざまな孔があいている。ここまで飛べたことが奇跡だ。

三人の乗員はいずれも負傷していたが、無線員をはじめ命に別状のあるものはいなかった。

そしてカッターが水偵から離れると、待っていたかのように右翼側に傾き、そのまま海中に没してしまった。

「俺たちの身代わりか」

機長は沈んだ水偵に向かって手を合わせた。

3

昭和一九年六月一〇日現地時間〇七三〇、タラワ島。

山口第七艦隊司令長官にとって、若宮所属の水偵からの一報は、意外にもまず安堵感をもたらした。

いままで敵襲が近い近いと言われて考えていたが、近いというだけで、それがいつなのかまるでわからなかった。そのことによる緊張感は、将兵と自分を無意識のうちに消耗させていたらしい。

それがいま、敵襲が現実のものになった。あとはただ戦うだけだ。

死闘になるだろう。マキン島もタラワ島も要塞化したとはいえ、所詮は孤島。縦深は決して深くない。

だから島を死守するとは、島に敵兵を近づけないということでもある。それを言うは易い。だが実行は難しい。

それでも一報から三〇分で、第七艦隊隷下《れいか》の部隊はすぐに動き出していた。敵襲を怖れながらも、将兵たちは中途半端な状況に厭《あ》いていたのだ。

現地時間の〇七三〇の時点で、山口司令長官は将旗を戦艦陸奥に移していた。これから陣頭指揮に立つためである。

第一〇航空戦隊の二隻の空母は、付属する駆逐艦部隊とともにすでに有事に備えて位置についていた。

そのため水上艦艇が必ずしも多くない第七艦隊では、若干の駆逐艦を除けば、陸奥と行動をともにする有力軍艦は航空巡洋艦最上だけだった。

万が一の場合には、最上の艦載機が艦隊を護衛し、必要なら索敵や、場合によっては攻撃も仕掛ける。

陸奥以下の艦隊規模が小さいのは、最上のエアカバー能力も考慮してのことだ。カタパルト発艦により戦闘機の離発着が可能になったことが、その有用性を高めている。

ただ航空巡洋艦になったとはいえ、最上は空母ではない。艦載機は基本的に戦闘機であり、偵察に関しては零式水偵をデリックで海上に降ろすほか、攻撃も戦闘機の爆装により可能というレベルであった。

その意味では、中途半端な航空兵装と言えなくはない。水偵の運用にはちぐはぐさも感じられる——とは言え、最上のためだけに専用の偵察機を開発するのも馬鹿げている。

しかし、艦隊防空という観点では、最上の存在は決して小さなものではなかった。彼らを降《くだ》すためには、正規空母の戦力を投入する必要があったからだ。

山口司令長官自身も、少し前までは戦艦陸奥で最前線に出ることは考えていなかった。

否応なく航空戦となるであろうマキン・タラワの防衛戦では、指揮官はタラワ島の艦隊司令部にいるべき。それが合理的と考えていた。

だが彼自身の性格として、部下が最前線で自分は安全な――もっとも地理的な観点から言えば、タラワ島が安全かどうかは疑問も残るが――後方にいるというのは、納得できない気がするのも間違いない。

また指揮中枢が一箇所という部分も、山口司令長官には不安があった。

もしも自分が敵の指揮官なら、上陸前に航空隊で指揮中枢を潰し、守備隊の組織的抵抗を破壊する。

米軍はそうした戦術をとらないかもしれないが、可能性がある以上、対策は必要だ。そこで彼は、次席指揮官はタラワ島に残し、自分は敵部隊発見と同時に――奇襲を受けたら否応なくタラワ島の司令部で指揮を執ることになる――戦艦陸奥で出撃する。

指揮中枢の分散は、第七艦隊の指揮系統の抗堪《こうたん》性《せい》を高めるだろう。戦艦陸奥を選んだのは、機動力と防御力、さらに大型軍艦の通信能力を重視したのだ。

だから指揮機能の分散を考えた時点では、山口司令長官にとって、戦艦陸奥が四〇センチ砲搭載艦という部分は、それほど意識されていなかった。

それを意識したのは、水偵から「敵部隊は空母機動部隊および後方の上陸部隊」という情報がもたらされてからだ。

敵上陸部隊にはサウスダコタ級戦艦二隻が含まれているという。四〇センチ砲搭載艦と戦えるのは、四〇センチ砲搭載艦の戦艦陸奥だけだ。

「水偵の報告が正しければ、現在、敵空母部隊はマキン島から約五〇〇キロ、タラワ島からは約七三〇キロの位置にいます。

陸奥が二四ノット弱で航行すれば、本日一七三〇には敵と遭遇できるでしょう」

岸本参謀長の報告を作戦室で受けながら、山口司令長官は思う。

戦艦陸奥の作戦室は大和型戦艦と比べるとかなり手狭だ。大正時代の日本海軍はこの程度の空間で作戦指導ができたのだ。

だが昭和の戦艦である大和型では、作戦室も拡大を余儀なくされた。飛行機に潜水艦、考えるべき部隊も増えた。戦域も広がった。

いまこの作戦室でできるのは、限られた戦域の限られた部隊指揮だ。その限られた戦力でさえ、明治の日本海軍を撃破できるだけの力がある。

海軍全体では、まさに一国を滅ぼせるだけの力となろう。だからこそ、この戦争には負けられぬ。

「敵部隊が攻撃をかけるとしたら夕刻か？」

「おそらく。敵の計算としては、未明と同時に空母部隊が制空権を確保しつつ、戦艦部隊が島の陣地を破壊し、敵部隊が上陸するつもりだったと思われます」

「だが、我々にいち早く発見されてしまった。敵は本気で未明まで我々に発見されないとでも思っていたのか」

「夜襲を狙っていた可能性もあると思います」

「夜襲？」

「通常の哨戒範囲で考えるなら、敵艦隊を発見するのは夕刻だった可能性が高い。陽のあるうちの航空戦は一回でしょう。その後は夜襲となる。しかし、電探の能力では米軍に一日の長がある」

「空母部隊に夜襲をかけても電探で返り討ちか。そうしてこちらの航空戦力を自分たちが有利なうちにすり潰し、翌朝を迎える」

「おそらく、そういうことでは」

山口司令長官は岸本参謀長の意見を妥当とは思ったものの、疑問も残った。

その意見が正しければ、敵部隊の作戦は若宮の水偵に発見された時点で失敗だったはず。それでも彼らは前進している。

いまさら撤退できないのはわかるが、水偵一機でひっくり返るような作戦を実行するというのも、にわかには信じがたい。それとも米軍にも、もはや後がないのか？

米軍に後がないというのは、要するに彼らもこれ以上は無策ではいられないということだ。

日本にとっての戦線の維持は、連合軍にとっては戦線の膠着である。

連合艦隊司令部が状況をどう認識しているのか、いま現在のところ山口司令長官にもわからない。

ただ彼自身は、戦争をとりまく状況が激変したという認識を持っていた。それはつい先日のことだ。連合軍がノルマンディーに上陸した。

イギリスで密かに編成されていた大部隊が、この六月六日にノルマンディーに上陸作戦を敢行し、詳細は不明ながらも戦闘は続いているらしい。

ドイツに不利な情報が日本にどこまで正確に伝わるのか？　それは非常に疑問である。一方で、ドイツに有利な情報であれば針小棒大に伝わっても不思議はない。宣伝とはそういうものだ。

そうしたことを踏まえると、上陸から三日ほど経過しながら、連合軍を追い返したという宣伝がまったくなされていない事実は重要だ。

そんな宣伝ができないほど、ドイツ軍は戦線を後退せざるを得ないのだ。

そうは言ってもノルマンディはフランスであり、ドイツ本国ではない。連合軍がこれによりドイツ本国まで進軍できるかどうかはなんとも言えない。正確には、それを判断できるだけの材料を山口司令長官は持っていない。

ただドイツは、これにより地上戦で二正面作戦を行わねばならなくなった。東部戦線は後退を続けており、総じてドイツの劣勢は動かないだろう。

ヨーロッパ戦線はこうして動き出した。


連合国としては、太平洋戦域で何もしないという選択肢はないはずだ。ヨーロッパと太平洋で攻勢に転じることで、連合国の勝利を彼らは印象づけたいだろうから。なにより国民を納得させねばならない。

そうしたことを考えるなら、今回の敵軍の攻勢は、夜襲が失敗したから中止するという性格のものではない。

犠牲を顧みずに前進する。そもそも夜襲云々というのは自分たちの予測であり、敵がどう考えているかとは別の話だ。

一つ明らかなのは、夜襲を考えていたにせよ、いなかったにせよ、敵は強襲を避けようとはしていない。それを前提として作戦を立てている。

ノルマンディ上陸部隊と比較すれば、水偵が報告した空母四隻、戦艦二隻の部隊は小規模にも思える。

だが、それをマキン島・タラワ島の攻略のための戦力と考えれば、見えてくるものは違ってくる。島と言っているが、正確には環礁だ。縦深は決して深くない。そんな拠点に対するものとすれば、この戦力は過剰とも言える。

そんな過剰な戦力を投入する理由は何か？　それは奇襲ではなく強襲を意図しているからにほかならない。

「ＬＳＴそのものは、さほど火力はなかったな。戦車の揚陸が可能なだけで」

「その通りですが、ＬＳＴが戦車を揚陸するようでは、我々はかなりまずい状況に置かれたことになるでしょう」

「まぁ、そうだな」

じっさいそれを阻止するための作戦というか、方針は立てている。いくつか準備した想定の一つを基軸に戦闘を進めればいい。

ただここに至って、山口司令長官はＬＳＴの存在について、もっと研究すべきとの思いを強くしていた。

揚陸艦艇のようなものは、日本が諸外国に先駆けて実用化していた。大発に代表される揚陸艇だ。英米の同様の船舶も大発に影響されたのか、似たような形状をしている。

ただ英米との決定的な違いは、戦術思想にあった。日本陸軍の大発などの運用は、水上機動により敵の防備の手薄なところへの奇襲上陸や迂回上陸が主目的だった。

言い換えれば、その思想は強襲を避けるところにある。良い悪いではなく、そういうものなのだ。対して英米の同様の船舶は、強襲揚陸を前提としていた。第一次大戦のガリポリの戦いの反省がさせたのか、彼らの設計思想はそれだ。

もちろん大発でも強襲揚陸は可能だし、LSTでも迂回上陸はできる。ただ設計思想の違いから、LSTの迂回上陸はともかく、大発での強襲上陸は損害と引き替えになる。

鉄製の大発もあるとはいえ、多くは木造船なのだ。迂回ならそれでも十分だが、強襲では犠牲を覚悟する必要がある。

つまり、水偵が多数のLSTを確認したというのは、彼らがそうした作戦を覚悟していることにほかならない。

そんな敵からマキン・タラワを守るとなれば、こちらにも相応の覚悟が必要だ。

「出撃前に軍需部長と話し合わねばならんな」

「何をですか、長官？」

「この戦闘で防衛線を死守できても、損害は甚大となろう。その補充だ。戦う前に準備しなければ、敵が二の矢を放った時に、我々には備えがないことになる」

そして長官は続ける。

「この防衛戦、長い戦いになりそうだ」

4

昭和一九年六月一〇日現地時間〇九〇〇、ギルバート諸島。

第七艦隊隷下の航空隊による空母部隊に対する

攻撃は、タラワ島からは銀河陸攻三〇機が、マキン島からは三式艦上戦闘機三〇機が出撃した。

陸攻隊には護衛が必要なことと航続距離の関係で、戦闘機隊はマキン島から出したのである。

これと並行して水偵に発見されたことで、米航空隊の攻撃が前倒しでなされる可能性があり、真っ先に標的になるであろうマキン島防衛にタラワ島から戦闘機隊が前進していた。

第一〇航空戦隊の二隻の空母もすでに出動していたが、それらは攻撃戦力というより、防衛戦力の予備的な位置づけだった。

これは消極的というより、状況によっては敵部隊に対して側背《そくはい》を狙うようなことを想定していた。

相手は空母四隻、こちらは空母二隻。真正面から戦うのは愚行であった。

「逆探に反応あり！」

銀河陸攻の隊長機から、戦爆連合全体に無線が飛ぶ。それは十分予想していたことであったが、事実として確認すると、どの将兵も自分たちが戦場に向かうことを改めて感じた。

敵空母部隊から見れば、水偵に発見された時点で、戦闘は強襲を運命づけられた。だが待ち受ける敵に向かう点では、第七艦艇所属の戦爆連合もまた強襲であった。

米空母部隊の電探の能力はおおむねわかっていた。逆探に反応があったからには、あと数分で敵電探は自分たちを捕捉する。

捕捉し、その戦力がわかるなら、迎撃部隊を出すだろう。隊長の概算では、遅くとも一五分以内に航空戦は開始される。

「各機、第三防御陣形を組め！」

防御陣形を命じられると、銀河陸攻はそれぞれが編隊を解き、その位置を組み替える。

防御陣形とは、ヨーロッパ戦線でコンバットボックスと呼ばれているものと類似コンセプトのものだ。

陸攻の防御火器を立体的に組み、敵戦闘機に対し連携して火力を行使する。防御陣形はいくつかのパターンがあるが、銀河陸攻では第三防御陣形という形が多用される。

これは防御陣形の研究と並行して、銀河の改良が行われたことが大きい。いま主力の銀河三三型は、機体上部の対空火器を中心に火力を強化され、第三防御陣形で大きな効果をもたらすようになっていた。

言い換えれば、この陣形は銀河三三型を意識したものだ。そのためこの陣形では、計算と実験から飛行高度も定められている。

空母部隊のレーダーに日本軍の戦爆連合が察知された時、銀河陸攻は比較的低空域を、護衛戦闘機の三戦はそれよりもずっと高い高度を維持していた。

ただレーダーからはそうした高度差までは読み取れず、爆撃機と戦闘機の高度差は、常識的に五〇〇メートル程度と判断されていた。

じつは第三防御陣形は、真上から見ると通常の水平爆撃の陣形と大差ないように見えた。

レーダー画面と現実の陣形はまるで異なるのだが、相手にそんな違いなどないかのように誤認させる。そこまで考えての、この陣形であった。

かのナポレオンは言った。この世には剣と頭脳の二つの力があり、最後に勝つのは後者であると。ただ日本海軍航空隊にとってのジレンマは、この陣形を多用すると、米軍にすぐに対応策をとられる可能性があることだった。少なくとも「誤認させる」という心理戦は活用できない。

そのため実戦での使用頻度は低かった。大規模な航空戦が——空母の衝突はあっても陸攻隊が出るには、敵軍が島嶼帯の基地に侵攻してくれなければならないから——しばらくなかったこともあり、今回の作戦ではこの陣形は効果的に作用した。

戦爆連合に向かったF6Fの一群は、当然ながら朝日を反射する——ような進行方向であえて——接近する銀河陸攻を、まず発見する。

戦闘機隊の姿は見えなかったが、彼らはそれをあまり気にしない。

あるいはそれは、日本軍の罠かもしれなかった。しかし、無防備な銀河陸攻の群れが眼下にあるのに、それを見逃すのは愚か者だけだ。

実を言えばF6F戦闘機隊の隊長は、自分たちの頭上に三戦の一群がいることを知っていたが、あえて無視していた。

自分たちの高度から銀河陸攻を襲撃すれば、上空の戦闘機は間に合わない。仮にこちらが彼らの挑発に乗り、上昇して戦っても、高高度では三戦よりF6Fのほうが有利であり、負ける気づかいはない。

正直、敵の指揮官の意図が彼には理解できなかった。強いて考えられるとすれば、自分たちが不利である状況を示して、Ｆ６Ｆを銀河陸攻から引き離す策か。

戦闘機隊は全滅しても、陸攻隊は空母に接近し、攻撃できる。

なるほど一時期の日本軍なら、そうした消耗戦を強行したかもしれない。しかし、いまの日本軍は人材の枯渇に神経質になっている。そうした戦術をとるとは思えない。

あるいはマキン・タラワを死守するために、日本軍にはそうした消耗戦を実行するより手段がないのか？

そうしたことを色々と考えつつも、戦闘機隊の隊長の決意が翻《ひるがえ》ることはなかった。

「眼下の陸攻隊を攻撃する」

そうして三〇機あまりのＦ６Ｆ戦闘機隊は銀河陸攻に突進する。急降下をかける戦闘機群。

だが彼らは、そこで日本軍の意図を思い知ることになる。銀河三三型は、上部対空火器が三〇ミリ機銃であった。Ｆ６Ｆをアウトレンジから撃破できる火力を持つ。

さらに急降下中の戦闘機は、下からの対空火器には照準が定めやすい。自分たちに向かって直進してくるのだから。

三機一組で一機のＦ６Ｆを、三〇ミリ機銃で狙うのである。

対空火器の発砲は、Ｆ６Ｆが急降下に入って一〇〇〇メートル降下した時点からはじまった。彼らから見れば、対空火器の応酬はもっと接近してからのはずだった。

そして、すでに戦闘機には慣性がついている。

なおかつ多数の戦闘機が降下中だ。それらは次々と三〇ミリ砲弾の弾幕の中を降下する。

直撃して四散したF6F戦闘機はそれほど多くない。だが砲弾片で損傷を負った機体は少なくなかった。

戦闘機によっては、回避しようとして僚機と接触し、墜落したものもあった。結果的にこの防御陣形により、一〇機のF6Fが撃墜か無力化された。

それ以上に重要なのは、F6F戦闘機隊の側から陸攻隊への攻撃がほとんど失敗したことだった。

損傷を負いながらも二〇機のF6Fが銀河陸攻の群れの中を突っ切った。が、試練はそこで終わりではなかった。

彼らの多くは、銀河陸攻が不自然なほど低空を飛行していたことを忘れていた。加速をつけ、急降下していた彼らは、上昇に転じるまでの時間的余裕がなかった。高度が低すぎるため、海面は目と鼻の先にある。

それでも一七機のF6Fは海面に衝突することなく上昇に転じたが、経験が浅いパイロットと操縦系統に損傷を受けたF6Fは、上昇が間に合わず海面に激突した。機体高度の設定だけで、三機の戦闘機を陸攻隊は屠《ほふ》ったことになる。

この短い戦闘だけで、F6F戦闘機の数は半減してしまった。そして、ここでようやく三戦が参戦する。

低空から上昇に入るF6F戦闘機の群れに、数で倍近い三戦が急降下で襲撃してきたのだ。高速ですれ違う戦闘機群の間で銃火が交わされるが、瞬時のことであり、命中弾は出ない。

だが一部のＦ６Ｆは、すでに銀河陸攻を再攻撃すべく上昇を終えていたため、そこを三戦に襲撃され、撃墜された。

数で劣り、さらに高度で下にいるＦ６Ｆは不利であった。しかも、攻撃対象の銀河陸攻が低い高度にいるため、Ｆ６Ｆは性能で優位にたてる高高度での戦闘ができない。

そしてこの高度では、三戦はＦ６Ｆに性能では負けなかった。Ｆ６Ｆが一機撃墜されるごとに、戦闘機隊は劣勢になっていく。

さらにＦ６Ｆ戦闘機隊にとっての不運は、銀河の三〇ミリ機銃が、相変わらず自分たちを狙っていることだった。

三戦と戦おうとして銀河に食われるＦ６Ｆが現れ、銀河を避けようとすれば三戦に襲われる。

空母部隊が増援のＦ６Ｆ戦闘機を出す前に、銀河陸攻は空母機動部隊を指呼《しこ》の距離に捉えていた。

攻撃隊の指揮官は、指揮官機である銀河の中から四隻の空母を見ながら、かつての海戦を思い起こしていた。

「北豪の決着をつけてやろうじゃないか！」

彼の思いは、昭和一七年夏のあの時に戻っていた。

3章

昭和一七年六月、始動

1

昭和一七年六月八日現地時間一〇〇〇、チモール海。

鋼鉄製のパイプから、ギンギンギンという衝撃波を伴うような振動が伝わってきた。高川技師は油圧計の表示を凝視する。数値は正常だ。

それでも彼はパイプの接合部に行き、油漏れの有無を確認する。パイプの構造から、圧力がかかると内側のパイプがふくらみ、外側のパイプに密着するようになっている。

その構造が功を奏したのか、油漏れは起きていなかった。

そして、かたわらの電話が鳴る。艦内電話ではなく、臨時に飛行甲板との間に敷設した野戦電話のようなものである。

「無事、発艦しました」

「最大負荷か」

「予定通りの最大負荷です。八〇〇キロの模擬爆弾を懸吊《けんちょう》してます。どうですか？」

「油圧は正常だ。接合部に油漏れもない。問題はパイプの耐久性だが、これればかりは運用してみないとわからん」

それは高川技師の、技術者としての正直な意見であった。

彼と部下はいま、チモール海を航行する空母飛《ひ》隼《じゅん》の中にいた。

空母飛隼は一隻ではなく、同型艦の海隼《かいじゅん》とともに第一四航空戦隊を編成していた。この二隻は、もともと海軍の優秀商船として建造された貨客船である。

空母である現在、基準排水量は一万七〇〇〇トン、艦載機は正規で三〇機、そして最大速力はディーゼル主機により二三ノットにとどまった。

空母への改造を意図して建造されていたので、艤装工事はそれほど難しくなかったが、機関部の改造だけは施せなかった。

空母として運用するには二六ノットが要求されたが、商船としてはそのための機関を抱えるのは経済的に難しい。経済性を考えるなら二六ノットもの速力は必要ない。

そのため、空母への改造後は機関部を増設できるように空間が用意されていた。ただし、建造時にはドイツからの艦船用ディーゼルエンジン技術を学ぶという趣旨で、飛隼も海隼も機関はドイツ製だった。

増設用のディーゼル主機は欧州大戦のために入手不能となり、国産には適当な主機がない。国内のディーゼルエンジン工場は、艦本式の規格化されたディーゼル主機の生産にフル回転で、規格外を建造する余力がなかった。

とりあえず二三ノットでも艦戦は発艦できたし、

航空魚雷や八〇〇キロ爆弾を搭載しないなら、艦攻も発艦は可能だった。

そうした背景と、日華事変以降の国際情勢の緊迫化から、主機の増設を待たないまま建造が進められたのである。

そうしたなかで昭和一六年一二月八日を迎える。真珠湾攻撃には成功したが、その帰途に空母エンタープライズが空母赤城を撃沈した。

このいわゆる「赤城ショック」から、海軍は低速でも艦載機を発艦できるカタパルトの実用化を急いだ。

しかし、八面六臂の活躍を続ける大型正規空母に、実用性が未知数のカタパルトは装備できない。そこで白羽の矢が立ったのが、貨客船から空母へ改造中の飛隼・海隼の二隻である。

艦政本部も「赤城ショック」の前から細々とだが、カタパルトの研究は続けていた。ただ研究の進捗は芳《かんば》しくなかった。

これは、研究対象が比較的地味であったことと、空母の構造や運用そのものが試行錯誤の中にあったためだ。

艦載機一つとってみても、揚力が稼ぎやすい複葉機と、昨今の全金属単葉機では要求される速度が違う。

油圧カタパルトの研究がはじまった時、空母赤城は飛行甲板が三段式だったことからだけでも、研究が行われた当時の状況がわかる。

飛隼などの速度が二三ノットだった理由も、商船としての経済性だけでなく、助成金が出た時期の航空機が複葉機中心だったことも一因であった。

要するに、空母と艦載機の発展方向が見えてくるのに時間がかかり、カタパルトへの要求仕様がやっと議論できるようになったのが、近年のことだったのだ。

「赤城ショック」の頃、艦政本部は地上に油圧カタパルトの試作機が一つ、ほかにもう一基分の油圧カタパルトを組めるだけの機材があった。

カタパルトの早急な実用化が要求されたため、この実験中の試作品が飛隼と海隼に装備された。

飛隼と海隼に装備された油圧カタパルトは、必ずしも同じ装置ではなかった。いくつかの点で構造の異なる装置を運用し、成績の良いほうを量産するというのが軍令部や艦政本部の計画だった。

実用試作機の空母への取り付けは関係者の必死の工事で完了したが、当初、カタパルトの信頼性は誇れるものではなかった。

パイプの耐久性や高圧の油圧を利用することに伴う油漏れなどが多発する。根本的な原因はシール材の品質にあった。これは化学工業の基盤が脆弱《ぜいじゃく》な日本の工業力の限界を示してもいた。

すでに戦争ははじまっているため、飛隼・海隼の海軍への引き渡しは予定通りに行われたが、「ただし、なおいっそうのカタパルト装置の改良を要する」との条件がつけられたほどだ。

海軍に受領されたため、第一四航空戦隊は作戦に投入される。カタパルトが動けば全備状態の艦攻も発艦できたし、艦戦はカタパルトなしでも発艦できたためだ。

しかし、カタパルトの信頼性はなかなか向上しない。結果として海軍工廠や技研の技術者チームは、そのまま空母に乗り込み、そのまま前線に向かった。

彼らに対する海軍将兵の態度はおおむね好意的であった。カタパルトの信頼性には問題はあったものの、稼働した時の結果は誰もが評価していた。

便利な装置をすぐに直してくれる人というのが、高川技師らに対する乗員たちの認識であり、それが彼らが好意的に見られる理由であった。

最終的に海軍の輸送船が航空戦隊に補給する時に必要物資を運ばせるようなことさえしていた。

そうしてチモール海までやって来て、やっと問題はほぼ解決できたのであった。

「一日動かしてみましたが、故障が起こることもなく、艦攻の発艦も可能でした。おおむね問題は解決したのではないでしょうか」

深夜に行われた開発チームの会議で、部下の発言を耳にしながら、高川技師は複雑な想いでいた。

いまのままでいけば、少なくとも作戦終了までカタパルトは稼働し続けるだろう。そうなれば、試作品は実用段階に達したと言えよう。

問題は、どうして実用段階に至ることができたかにある。機構の改善など色々あったが、最大の要因はシール材にあった。

いままで国産のシール材を使っていたが、油漏れなどのトラブルをなかなか解消できないでいた。たまたま蘭印の石油施設で、海軍がイギリス製のシール材を入手したとの情報を耳にし、それをわけてもらったのである。

幸か不幸か、占領地の海軍高官が技術に疎《うと》い人間であったため大量のシール材が手に入った。それが先日の補給物資の中に含まれていたのである。シール材の交換で油圧カタパルトの信頼性は著しく向上した。カタパルトの実用化は大きく前進したのである。

ただこの事実は、日本のシール材技術の遅れも意味していた。油圧カタパルトの機構については問題がないのに、適切な素材が作れないからその機械が実用化できない。

もちろん、同様の素材はいずれ国産化できるだろう。それまで手持ちの輸入材料でやりくりすることは可能だ。空母の隻数から言って、カタパルトの製造数自体もしれている。

しかし、今後のことを考えていくと、新兵器開発に関して日本の材料技術の遅れは気になるところだ。

「とりあえず作戦実行には間に合った。先のことは、まだ断言できる段階にはないが、大きな故障は起こらないと思う。

あとは小さな損傷にいかに迅速に対応するか。この作戦が終わり、生還できたなら、ここでの経験が教範となるだろう」

高山技師はカタパルトに目処《めど》が立ったいま、自分たちが最前線に向かっていることが急に怖くなった。

カタパルトの信頼性向上のため働いていた時は、ともかく作戦開始までに完成させるという切迫感があった。

そしてそれに目処が立ったいま、彼はそこが最前線という現実を見つめる余裕ができたわけだ。

「生還できたら」、それはそのまま彼の怖れの声だった。

2

昭和一七年六月一〇日現地時間〇六〇〇、チモール海。

曽根飛行隊長は、おそらくこの時、部下の誰よりも緊張していただろう。

彼にとってこの出撃がはじめての実戦ではなかった。実戦経験自体は、それなりに豊富である。

昭和一五年の終わり頃からだったが、日華事変での戦闘にも参加している。複葉機から全金属単葉へと艦攻も入れ替わりつつあった時期だ。

そんな彼がこの日、誰よりも緊張しているのは、戦爆連合の飛行隊長としての初陣であるからだ。艦戦と艦攻、総計二七機を彼一人が指揮しなければならない。

艦攻の機長だったら、まだ気楽だった。命令にしたがって動けばいい。しかし、自分が命令する立場となれば、そうはいかぬ。

適切な戦術を立てねばならず、臨機応変の采配もふるわねばならない。なにより自分の采配で、部下が死ぬことになる。

彼とて戦友の死は何度も見てきた。が、それと部下の死は違う。

もちろん戦争であるからには、戦死者も出るだろう。自分の部隊だけが戦死者ゼロということなどあり得まい。

ただそれはわかっていても、自分の責任で部下が死ぬかもしれない。この事実に彼は恐怖していた。その意味では曽根飛行隊長は、軍人としては善良すぎる人間だった。

カタパルトなる装置は便利であったが、飛行長をはじめとして、その運用にはまだ試行錯誤の部分があった。

カタパルトがない時代、空母では艦戦、艦爆、艦攻の順に発艦した。滑走距離を稼ぐ関係で、重い艦攻ほど飛行甲板を長く活用する必要があったためだ。

だが、カタパルトの実用化でその必要がなくなったいま、どの順番で艦載機を飛ばすべきかという問題が改めて浮上してきた。

艦戦が先発し、制空権を確保してから攻撃機が出撃する。つまり、いままでと同じでよいという意見もある。

一方で、カタパルトの利点を考えるべきという意見もある。それはいままでとは逆に、艦攻、艦爆、艦戦の順に発艦させるというものだ。

速力の遅い攻撃機を先発させ、高速の戦闘機隊がそれに合流する。そうすれば発艦から現着までの時間を短縮できる。

空母の周辺に敵機がいるわけもなく、空母周辺での制空権の確保はそれほど重要ではないという意見である。

この問題に関して、はっきりとした結論は出ていない。訓練で結論を出そうにも、カタパルトの信頼性が実用段階に達したのは、昨日今日という時間である。結論を出すための十分な時間が、まだない。

曽根飛行隊長自身は、従来で構わない派であった。空母周辺に敵機はいないというのは、間違いとは言わないが、こちらの発艦作業中に敵機が先着する可能性は無視できない。

さらに攻撃機先発で現着時間短縮と言っても、そもそもカタパルトにより全体の発艦時間が短縮されているため、大きな違いを生むとは曽根飛行隊長には思えない。

攻撃機隊も先頭と殿《しんがり》で編隊を組み直すとなれば、結局のところ速度調整は必要なのだから。

しかし、飛行長は攻撃機先発を採用した。新装備には新しい運用が必要という理由からである。

このことそのものは、曽根飛行隊長も否定するつもりはない。じっさい発着機部でもカタパルト装備の効率的な運用が模索され、班の組み替えなども行われているようだ。

こうしてこの出撃は、攻撃機先頭で行われる。これは同時に曽根飛行隊長機が一番に発艦することを意味した。

カタパルトは装備されているが、それは魔法の杖ではない。風向きはやはり重要な要素となる。爆弾を満載した攻撃機となればなおさらだ。

飛行甲板の先端から流れる蒸気は、飛隼が艦首に風をあてていることを示している。

指揮所の指示でエンジンの回転数を上げる。発着機部員が車輪止めを外し、そしてカタパルトが作動した。

強い加速を感じると同時に、艦攻は空中にあった。操縦員は安定した操縦を見せる。後方席の曽根飛行隊長は、機体がぐんぐんと高度を上げているのを窓から確認する。

艦首部の後方に多数の艦載機が待機し、発艦準備を待っている姿が見えた。

「まだまだいけるんじゃないか」

曽根飛行隊長は眼下の光景に思う。商船改造空母だから、格納庫に収容できる機体は、補用機を除いて三〇機。大型正規空母の半分以下だ。

つまり第一四航空戦隊は、空母二隻で飛龍一隻分にほぼ等しい。発艦時に滑走距離を稼ぐ必要があったためだが、カタパルト装備はそれを変えるかもしれない。

格納庫と飛行甲板への露天繋止を併用すれば、五〇機程度は載せられる。そうすれば戦隊全体で一〇〇機の艦載機を扱える。

これは思いつきのレベルで、実戦で応用するにはまだまだ改善点もあるだろう。しかし、検討する価値がある。

三〇機の戦爆連合は短時間で発艦を終え、編隊を組み、ダーウィンへと向かう。すでにダーウィンは数ヶ月にわたり攻撃を受けていた。

当初は蘭印の確保と安全のため、連合軍の後方を攻撃するというものだった。攻撃は蘭印の占領後も続いていたが、正直、それは消耗戦の様相を呈していた。

そこで陸海軍では、ダーウィンの上陸・占領計画が進められていた。オーストラリア政府にとって、本土の一部が日本軍に占領されるということは、大きなショックとなるはずだ。

ただ、ダーウィン占領計画は陸海軍で温度差がある。陸軍にとってのダーウィン占領計画は、蘭印をはじめとする資源地帯の安全確保の意味が強い。対する海軍にとって、この作戦は本作戦の支援作戦に過ぎない。

海軍が目指すのはポートモレスビー攻略である。ここを攻略し、米豪を遮断する。

もしも本土の一部であるダーウィンが占領されれば、オーストラリアにとってニューギニアの拠点までは手がまわらない。ポートモレスビーの攻略は容易《たやす》くなる。

そうした温度差はあったものの、ともかく占領することだけは決まっていた。じつを言えば、陸軍も永久占領するつもりはない。

彼らの視線はソ連軍にある。対ソ戦用の戦力を南方に抽出したくはない。

敵に打撃を与え、安全を確保したら兵を引く。その点では陸海軍の温度差と言っても、撤兵時期の問題のみとも言えた。

曽根飛行隊長の戦爆連合は、そうした上陸作戦のさらに支援作戦であった。地上施設の破壊よりも、船舶の攻撃が中心となる。

オーストラリアは歴史的経緯から、鉄道網が必ずしも合理的に敷設されていない。そのため陸上輸送にはいくつもの隘路《あいろ》があった。

この状態でダーウィンの基地を維持するためには、船舶輸送しか頼れない。チモール島の基地から陸攻隊が攻撃にあたっているが、そこには連合軍側の監視人がいるようで、陸攻が出撃すると、港から船舶が退避することが続いていた。

そこで、誰も知らない空母部隊からの奇襲攻撃となった。早朝なら、まだ港に多数の船舶がいるだろうという読みである。

果たして読みは当たった。日本軍の攻撃に備える必要があるためだろう。貨物船は比較的小さなものであった。機動性やいざとなれば、島嶼に隠れるようなことを考えていたのだろう。

ここで戦闘機隊と艦攻隊は分離する。陸攻隊の攻撃では、敵の戦闘機隊が到着時間にあわせて待ち伏せていたが、奇襲攻撃が成功したいま、ダーウィン上空に戦闘機の姿はない。

零戦隊はそこで、地上に駐機している戦闘機などを機銃掃射で破壊する。

地上のP40戦闘機などは、いつでも出撃できるように燃料を満載していた。それがここで完全に裏目に出る。

戦闘機の燃料に引火し、次々と誘爆をはじめてしまった。対空火器が動き出す頃には、戦闘機はほとんど破壊されるか、滑走路そのものが使用できる状態ではなかった。

これに対して貨物船への攻撃は、なかなか難しかった。三〇機の攻撃隊のうち、艦戦・艦攻・艦爆はそれぞれ一〇機ずつ。

艦爆は船舶に対して高い命中率で爆撃を成功させた。軍艦に六〇キロ爆弾では傷もつけられないが、小型貨物船にはそれだけで致命傷となる。

対して水平爆撃は小さな爆弾を多数投下するようなことを行い、命中弾を出していたが、命中率の低さは避けられなかった。

貨物船が分散しているなか、艦攻が水平爆撃で効果を出すには密集する必要がある。大規模な艦攻隊ならいくつかのグループに分けることもできようが、ここには一〇機しかない。

一〇機で一隻の貨物船を狙うのは効率が悪く、さりとて艦攻を分散させると命中率が下がる。

曽根飛行隊長は、三機一組で三隻の貨物船を狙わせたが、結果的に命中したのは一隻。それも爆弾が一個だけだ。

それでも爆弾が命中した貨物船には、致命傷になったらしい。積荷と当たりどころが悪かったのだろう。

しかし、残り二隻の貨物船は無傷であった。最終的にこの二隻には、零戦の執拗《しつよう》な機銃掃射により、火災を生じさせることでなんとか無力化できたものの、沈没したかどうかの確認はできずに終わる。

曽根飛行隊長は、一機の損失も出さずに帰還できたものの、打撃力に課題を残しているのも確かであった。

「貨物専用の航空魚雷ですか……」

曽根飛行隊長から技術的な相談を受けた高川技師は、どう返答すべきかわからなかった。

確かに造機、造船、造兵と分けるなら、自分は造兵に属するが、カタパルトと魚雷ではほとんど共通点がない。

しかし曽根飛行隊長にとっては、海軍の技術者であるなら、なにがしかの見識があるはずと考えているようだった。そう言われると、専門馬鹿でございますとも逃げられない。

「まず、どうしてそういう兵器が必要とお考えになったのですか」

高川はノートを開く。専門外ではあるが、有用な兵器かどうかの判断はできるだろう。開発価値があると思えば、しかるべき専門家に伝えることはできる。

「例の件から考えていたのだが……」

「例の件ですか」

例の件とは、いわゆる「赤城ショック」のことである。空母赤城が魚雷一本のためになぶり殺しにあうように沈められた事実は、海軍各方面に強い衝撃を与えていた。

そのため、いまも「赤城」の名前を出すのは海軍内でタブーとなっている。だから海軍関係者は「例の件」とその事件を呼ぶようになっていた。それで海軍のどこでも通じてしまうのだ。

「現在の航空魚雷は、基本的に主力艦を撃破することを念頭に開発されている。おそらく世界の海軍が用いる航空魚雷で、本邦のものが打撃力では世界最大ではないかと思う。

しかし、今日の攻撃でもそうだが、主力艦以外の相手に対してそうした航空魚雷を用いるのは、なんと言うか、鶏を割くに牛刀を用いるような憾《うら》みがある。

鶏を割くには包丁でいいのだ。そして、我が海軍にはその包丁がない」

「商船攻撃用の航空魚雷が必要と？」

「商船攻撃用にすべきか、駆逐艦攻撃用にすべきか、そのあたりは即答できないが、二五〇キロ爆弾程度の魚雷があれば、運用はずいぶんと違ってくる。

いまなら商船相手だと、命中率の低い水平爆撃に頼らねばならん。決して効率的ではない。

むしろ商船相手なら、小型魚雷による雷撃こそ有効ではないか。爆弾を無駄にするくらいなら、命中率の高い小型魚雷のほうが算盤《そろばん》に合うだろう」

高川技師は、飛行隊長の「算盤に合う」という表現を面白いと思った。普通の軍人は、そういう経済性の観点でものを見ない。

小型航空魚雷が有効かどうかはともかく、定量的にものを考えられる相手なら、有意義な議論ができそうだ。

「商船が一〇ノットとして、毎秒五メートル移動する。商船の全長を一〇〇メートルとすると、商船は二〇秒で自分の全長分を移動する。

だから魚雷は、二〇秒以内に射点から移動できるだけの速力を持つか、近距離で雷撃する必要がある」

高川はノートに図を描いた。曽根がそれをのぞき込む。

「魚雷を三〇ノットとすれば秒速一五メートル。二〇秒で六〇〇メートルか」

「艦攻からの雷撃は？」

「一般的には標的から一〇〇〇メートルだ」

「六〇〇メートルから雷撃するとして、安全率も加味して最大射程は九〇〇メートルですか」

「九一式航空魚雷の半分以下か」

「問題でも？」

「魚雷の投下高度は一〇メートル前後だ。小型魚雷なら耐久性の点でもかなりの低空で投下することになる。

そうなると機体を引き起こすのに、しかるべき距離を確保したいところだ」

「射程を伸ばせと？」

「可能ならな」

高川は思いつく項目を書いていく。魚雷の専門家ではないが、海軍の技術者だから基本的な構造は知っている。

「酸素魚雷は論外として、空気魚雷か電池魚雷の選択になります。艦爆からの投下も考えて総重量を仮に二五〇キロとすると、弾頭部分は浮力との兼ね合いになる。

直径四〇センチとすると、空洞が一メートルあれば、一二五キロの炸薬量と釣り合いますか。なら全長は……」

「どうだね？」

「小職は魚雷の専門家ではないので、正確な設計をここで完成させるようなことはできません。

問題は射程でしょう。それにより気室の容積や燃料の量、速度と炸薬量が決まってきますから」

「九一式魚雷の弾頭を小さくするとかじゃ、駄目なのか」

「それほど簡単な話ではないのです。魚雷の運動方程式は数値積分を行わねば、正確な数値は出ない。弾頭を単純に小さくしても、雷道がどうなるかわかりません。

それに魚雷の機関はかなり複雑精緻な装置です。九一式の弾頭を小さくしただけでは、重量もさして軽くならず、価格もそれほど下がりません」

曽根飛行長は価格が下がらないという部分も、当然のように理解してくれた。実家が商家なのだろうか？

「射程を稼ぐ方法が一つありますが。まぁ、素人の思いつきですが」

曽根は高川の話を聞くと、すぐに実験への協力を約束した。

「つり下げているのはなんだね」

「模擬魚雷のようなものです」

曽根飛行隊長は飛行長に説明した。ほとんど高川技師からの受け売りだ。

彼が考えたのは、曽根飛行長では思いつかないような方法だった。

飛行機はその時点で高速で移動している。だからそこで投下される魚雷も初速を持っている。もちろん水中での抵抗で、すぐに速度は落ちるわけだが、角度と形状に恵まれるなら、水中を高速で進めるはずだという。

そういう発想を思いついたかどうかはともかく、理屈は曽根飛行長にも理解できた、海軍の九一式徹甲弾の水中弾道の話そのものだからだ。

ただ高川技師は艦爆に搭載できる重量と敵船舶を撃破できるだけの炸薬量という相反する問題について考えていた。

戦艦の砲弾のように重いなら、水の抵抗はまだ問題とならないらしい。しかし砲弾より大きく、しかも砲弾より軽い小型魚雷なら、水の抵抗も馬鹿にならない。

高川技師はこの難問を魚雷の形状で解決しようとしているようだった。これが成功すれば、航空機の速力により魚雷の航続力を補える。つまりは小型化が実現する。

実験は艦戦により行われた。零戦のほうが速力が出る。高速から低速まで、速度の違いを観察したいというわけだ。

高川技師自身は、すでに海上のランチで実験を確認する態勢でいた。実験魚雷には電球がついていて、水中での動きを写真撮影するのだという。

だから模擬魚雷は決められた位置で投下される必要があった。

「おう、はじまるな」

飛行長が指さすところには、赤い旗を振るランチがある。目を上に転じると、零戦が緩降下しつつあった。

「これが成功したらどうなる?」

「まず、商船や駆逐艦などへの攻撃が一変するでしょう。爆弾並みの手軽さで魚雷が使えれば、艦載機も艦爆と艦戦、あるいは艦攻と艦戦の二機種に絞ることができる。

大型空母はまだしも、我々のような小型空母で、機種を絞れるのは大きいでしょう」

「なるほどな」

最初は高速での投下実験になった。実験機は魚雷型というより、平たい感じがした。薄くして水の抵抗を低減しようというのだろう。

戦闘機は低空にもかかわらず、きれいな姿勢を保ち、実験機を投下した。

「なにっ!」

そこで起きたのはまったく予想外のことだった。実験機は海中に没することなく、海面を何度も跳躍したのである。

ランチの上では高川技師らが立ち上がっていた。

「おい、石切りのように爆弾が海面を滑って行くぞ！」

「飛行長……これで十分かもしれません」

3

昭和一七年六月一〇日現地時間一五〇〇、チモール海。

「一四航戦はいい仕事をしたようですな」

副操縦士の言葉に機長はうなずく。午前の第一四航空戦隊の襲撃で、ダーウィン周辺ではいまも何隻かの船舶が炎上を続けている。

雷撃処分する駆逐艦がいないのか、あるいは座礁した状態で炎上し、手の施しようがないのか。

いずれにせよ、チモール島から出撃した偵察機は、航法をなさずとも水平線の彼方に見える煙を目指すだけで、目的地に接近できた。

その偵察機は百式司令部偵察機であったが、運用は海軍航空隊が行っていた。偵察機そのものは言うまでもなく海軍にもある。

しかし、海軍の偵察機と陸軍の偵察機では、思想から運用まで多くの相違点があった。基本的に海軍の偵察機は艦隊決戦の道具であった。

そのため海軍でさえ、陸上基地建設や敵地の情報が必要になると、従来の偵察機では不都合な点も増えてきた。

艦攻では写真撮影も手持ちカメラになり、能力的な問題がある。大型のカメラとなると陸攻になるが、それは現場の運用としては小回りがきかない。

さらに、否応なく強襲となる陸上や拠点の偵察機には、より高速性能が求められたが、これは攻撃機の転用では難しい。

こうした観点では、海軍には適切な偵察機がなかった。そこで陸軍より百式司偵を何機か譲り受けたのである。

海軍航空隊の中には、海軍も正式に百式司偵（海軍なら零式陸偵となるが）を量産しようという意見もあったが、それはこの時期、具体的な計画にまでは至っていない。

まず海軍の偵察航空隊自体が小規模なもので、あえて百式司偵を量産する必要性に乏しいこと。また、陸軍としても飛行機に余裕があるわけでもなく、海軍に提供するのには抵抗があった。

百式司偵は、日本の航空機としては珍しく、作業内容ごとに別工程へと分割したタクトシステムにより量産されていたと言われることがある。

しかし、この時期の生産現場は、タクトシステムが十分理解されていると言えるような状況ではない。本来の意味において時間と空間の管理もなされておらず、製造機械を共有する従来のジョブ・ショップ制の域を出るものではなかった。

これは後に改善されることになるが、ともかく昭和一七年のこの時期では、量産が期待できる状況にはなかったのだ。

こういう背景もあり、この百式司偵はいわば海軍偵察航空隊にとって貴重な虎の子偵察機なのであった。

「滑走路は復旧が進んでますね」

「あぁ、明日には使えるようになるだろうな。なんてこった」

眼下の航空基地では、迎撃戦闘機が飛び立つことはなかったが復旧作業は進んでいた。建設用の重機が炎上した機体の残骸を排除し、損傷したところにも機械が入って、穴を埋めたり舗装を直したりしているようだ。

確かに軽空母による攻撃では、与えられる損傷は軽微だろう。作戦の主目的は船舶であり、滑走路ではなかったのだから。

しかし、それでも攻撃は二回に分けて行われている。総計六〇機の戦爆連合は、大規模とは言えないとしても、小規模では片付けられないだろう。

なにより奇襲攻撃で航空隊は滑走路で破壊された。その残骸だって馬鹿にならないはずだ。しかし、連合軍はそれらをあっさりと機械力で解決している。

さすがに航空隊はまだ進出していないが、それも滑走路が完成すれば、すぐに後方から迎撃戦闘機隊が移動するはずだ。

「この様子だと、上陸作戦の実行は時期を慎重に選ぶ必要があるな」

「時期って、どういうことです、機長？」

「航空隊の攻撃時期だ。上陸部隊は制空権を確保したうえで前進しなければならん。そのためには、航空隊は適切な時期に上陸しなければならないということだ。

早すぎれば、敵に航空隊を再編成する時間を与えてしまう。滑走路の復旧も込みでな。

かと言って遅すぎれば、上陸部隊が敵航空隊の脅威にさらされる。敵航空隊が排除された瞬間に、上陸部隊は前進する必要があるということだ」

「空母を使うしかないってことですか」

「否応なくそういうことになるな」

「どこが出るんでしょう？」

偵察員のその言葉の背景は、言葉ほど単純ではなかった。

いわゆる「赤城ショック」の影響で、海軍には大型正規空母を艦隊決戦戦力として温存したいという空気が少なからずあった。

ただ艦隊決戦戦力とは言うものの、真珠湾攻撃で多くの主力艦が無力化されたいま、艦隊決戦が生じる可能性は著しく低い。今後、二年から三年はその可能性はないだろう。

じっさいのところ第一航空艦隊の士気のことは、彼らにはわからない。ただダーウィン攻略もポートモレスビー攻略も、大型正規空母の投入が不明確なのは確かであった。

現状、作戦に投入されることが明示されているのは、第一四航空戦隊をはじめとする改造空母だけである。

第一四航空戦隊を馬鹿にするわけではないが、一航艦を温存するというのは、偵察航空隊の人間から見ても疑問は残った。

「まぁ、ここで我々が議論してもはじまらん。司令部が何か考えるさ」

4

昭和一七年六月一〇日現地時間二二〇〇、チモール島。

海軍の偵察航空隊がほかの航空隊と異なるのは、写真分析のための部局を抱えていることだった。

ただ部局といってもそれほど大きなものではなく、写真分析班があるだけだ。総じて写真偵察に関しては、陸軍のほうが熱心と言えた。

さすがに昨今では一部で認識も改まりつつあるとは言え、依然として海軍は艦隊決戦を中心に動いている。

それは短期決戦と言い換えることができるわけだが、そうしたなかで写真分析という作業への関心は否応なく薄くなる。

すでに陸軍においては写真偵察の方法論ができあがり、継続的な偵察により敵情のデータを蓄積するようなこともなされているという話も関係者は耳にしている。

しかし、海軍の艦隊決戦構想の中に敵情偵察はあっても、写真分析の出る幕はないに等しい。敵艦隊に空母や戦艦が何隻いるかという類の質問は、通常の水偵でもできる。

もちろん南方攻略に際しては、敵の拠点などを事前に調査し、写真分析することは海軍でも行われている。三空という、それを専門にする航空隊が新編されたりもしていた。

だが、海軍がそうした航空隊を開戦数ヶ月前に新編したという事実こそ、それが通常の作戦構想ではなく、特別なものであることを意味していた。

それでも海軍航空隊の写真班は、真剣に任務にあたっていた。航空主兵のこの戦争は、否応なく航空基地のつぶし合いになる。そうなれば、敵情の写真分析が作戦の成否を握るようになる。

彼らはそれを信じていたためだ。もちろん、班長はそうなることを予想していたが、楽観はしていない。

写真分析には経験と理論的な知識の両方が必要だ。あいにくと日本海軍は、そうした方面の人材育成が進んでいない。

いま自分の班にいる連中が全員、しかるべき班長クラスになることを前提に、彼は部下を育成していた。それこそが指揮官の責任と信じるからである。

「班長、これはなんでしょうか」

双眼式の拡大鏡で写真を見ていた下士官が、班長に意見を求める。それは少し角度をずらした航空写真である。双眼式の拡大鏡で見ると、立体的に見ることができるのだ。

「トラックに鉄塔か……」

それは滑走路の作業からは離れたところの写真であった。指揮所に比較的近い場所に三台のトラックがある。

いずれも荷台に有蓋貨車のようなものを載せて並んでいる。そして、その近くには鉄塔が建てられていた。

「常識的に考えるなら、車載式の無線局か。この煙のようなものが見えるのは、たぶん発電車だろう。残り二台が送信機と受信機……そんなところか」

「やはり、そうでしょうか」

「何か気になるのか」

「写真では不鮮明ですが、鉄塔の頂上を見て下さい。ぶれてますよね」

確かに鉄塔の頂上はぶれていた。班長はすぐに部下が何を問題としているかがわかった。

航空写真がぶれることはあるとしても、この写真は鉄塔もトラックも鮮明だった。鉄塔の頂上だけがぶれている。

班長がそのぶれにすぐに気がつかなかったのは、ぶれている部分が細く、小さいためだった。

「鉄塔の頂上で何か細長いものが旋回しているということか」

「そういうことだと思います。航空写真で、しかもぶれているので断言はできませんが、八木アンテナの一部のようにも見えます」

「八木アンテナは指向性が強いアンテナだったな」

「そう聞いてますが……まぁ、私も素人なので詳しくはわかりませんが」

「あれか、電波方位探知機の類か？　日本軍の通信を傍受して、その方位を測定するような」

「電波方位探知機ですか。筋は通りますね」

写真分析班はこの時期、レーダーという装置の存在を知らなかった。

だからそれが野戦用の移動式レーダーであることも、写真分析だけではわからなかった。分析するには、レーダーについてしかるべき情報が必要なのである。

もっとも、こうした誤認は彼らだけが行ったわけではなかった。開戦直前、シンガポールにイギリス海軍の二大戦艦が入港した時、海軍当局者はその写真を分析していた。

それはドイツとの戦闘での損傷具合を調べるためだったが、彼らは戦艦プリンス・オブ・ウェールズのマストにあるレーダーアンテナが何か理解できなかった。

　そして、それらの戦艦が海軍航空隊に撃沈されたことで、それ以上の情報収集がなされることもなかった。

　さらに、やはり開戦前に三空がグアム島で国籍不明機として偵察飛行を強行した時、限界ギリギリの高高度を飛行したにもかかわらず、アメリカ政府から領空侵犯について抗議がなされていた。

　この時も米兵に目撃されたのだろうで処理され、レーダーの存在を疑う者はいなかった。

「もしも奇襲を行おうとするなら、この電波方位探知機は脅威になるな」

「その旨、報告していきましょう」

「頼んだぞ」

5

　昭和一七年六月一三日現地時間〇五三〇、第一四航空戦隊。

　飛隼と海隼の飛行甲板には、すでに可能な限りと言ってよいほどの艦載機が載っていた。ダーウィン攻略作戦のために増援がなされ、それぞれの空母の飛行甲板には各二〇機の艦爆が増援されていた。

　戦隊全体で一〇〇機の航空戦力であり、しかも攻撃機だけが増強されている。これは先の戦果確認から、滑走路などの破壊を徹底する必要が求められたことにある。

　また、海岸の防御火器などを潰すことも重要な役割だ。上陸部隊の支援には第一四航空戦隊のほかに、第七戦隊の重巡洋艦最上・三隈も参加していた。

第一四航空戦隊が制空権を確保した後、第七戦隊がダーウィンを砲撃するのである。ただ陸軍部隊は砲撃後に、その海岸から上陸するのではない。

そういう案もないではなかったが、上陸部隊と第七戦隊との通信連絡に不安があるため、その案は採用されなかった。

誤射で友軍が砲撃されてはかなわない。なにしろ重巡の主砲は二〇センチ砲だ。要塞砲の水準である。

具体的には、重巡の砲撃で敵の注意をそちらに逸《そ》らせ、その間に陸軍部隊はほかの方面に迂回上陸し、敵軍の背後を突く。そのため部隊は、さらにダーウィン近海で陸軍側と海軍側に分離する。

重巡で正面を叩いたならば、そこから上陸すべきではないかという意見は、陸軍内では少数派だった。

これは陸軍の敢闘精神の欠如とも違う。世界に先駆けて上陸用舟艇を開発した日本陸軍ではあったが、それは強襲揚陸を意図したものではなかった。

日本軍の戦術教範では、それは敵陣を迂回して上陸するための機動力を確保するための兵器であった。

だから一見すると消極的に見えるこの作戦は、陸軍の論理ではお馴染みの作戦であり、合理的であった。

すでに述べたように、こうした戦術なら陸海軍の作戦進行の調整という面倒な作業を省略できる。

海軍の攻撃にかかわらず、陸軍部隊は上陸できるからだ。

攻略部隊は二つに分かれていた。第一四航空戦隊を中核とする空母部隊。規模としてはごく小さい。空母二隻に睦月型駆逐艦が四隻、さらに特設砲艦が二隻。これがすべてだ。

特設砲艦は四〇〇〇トンクラスの優秀商船を海軍が徴用し、改造したものだ。広義の仮装巡洋艦と言える。

空母以外の六隻は、水上艦艇部隊の戦力としては脆弱《ぜいじゃく》に見えなくもないが、空母部隊にとっては重要な意味があった。

それは、これら六隻が、「赤城ショック」の産物であることだ。睦月型駆逐艦に関して言えば、主砲四門はすべて平射専用の火砲から単装だが高角砲に換装されている。

さらに魚雷発射管も撤去され、対空火器が増設された。対空防御に大きく舵を切った駆逐艦としては、日本海軍でも画期的な存在と言えるだろう。

二隻の特設砲艦も同様だった。こちらは連装高角砲二門に多数の機銃を装備していた。またデリックで海上に上げ下げする方式ではあるが、水偵も一機搭載されていた。

対空防御と偵察と物資輸送を意図した特設砲艦である。日本海軍にありがちな、一隻にあれもこれもさせようとする船舶ではあったが、少なくともこの二隻はそうした用途には有益と思われた。

二基の連装高角砲装備は、通常の船舶であれば改造が大規模になりすぎ、戦争が終わった場合でも現状復帰にはならず、海軍が買い上げる形になったろう。

だがこの二隻は船の構造が幸いして、甲板から船底までの空間が船倉として使われる構造のため、高角砲一式はいわゆるユニット単位で移動できた。

これは若い造船官の発案だったが、海軍予算を節約できることや、ユニットを交換することで改造工期の短縮が期待できることなどから、特設艦船への本格導入も検討されている。

とは言え、さすがにこの方式を正規軍艦や艦艇に導入しようという意見はなかった。

ともかく、空母部隊はこのようなものだ。

上陸部隊は、もう少し規模が大きい。一〇隻の輸送船に第七戦隊の重巡が二隻、さらに駆逐艦が六隻である。

こちらの駆逐艦は特型や朝潮型で、空母部隊のように主砲を高角砲へ換装はしていない。ただ対空機銃は増設された。

また、上陸部隊の輸送船は陸軍の徴傭船であるため、空母部隊の特設砲艦のような対空兵装は装備されていない。そうしたことは海軍がなんとかするというのが陸軍の理解であり、海軍の主張でもある。

上陸計画から船舶の管理まで、陸海軍の合同作戦は多くが縦割りでなされている。それでも関係者が危機感を抱かなかったのは、ここまで日本軍に大きな失敗がないからだった。上陸は、基本的にどこでも成功しているではないか。

だからこの時の曽根飛行隊長も、以前のような不安は克服できていた。彼自身は、それは驕《おご》りではなく自信だと解釈していた。

それは必ずしも根拠のない話でもない。数は少ないとは言え、すでに複数回の出撃で、彼は一機の部下も失うことなく、作戦を完了している。

飛行長は気楽な稼業とまではさすがに思わないが、案ずるより産むが易いと、最近の曽根は考えるようになっていた。同時に、連合軍恐るるに足らずとも。

若干不思議なのは、船舶の襲撃も飛行場の襲撃も、最初の一、二回しか戦果らしい戦果をあげられなかったことだ。

船舶はともかく、飛行場の襲撃では地上破壊すべき飛行機の姿がない。滑走路は爆撃しても、次はきれいに修理されている。

しかし、そこに敵の姿はない。奇襲をかけているのだから、一回二回ならともかく、常に敵影がないというのはどういうことか？

曽根飛行隊長も上官も、それは敵も航空戦力の余裕がないためと理解していた。日本軍が多方面で戦線を広げているということは、連合軍もそれに対応しなければならないということだ。

もちろん、連合軍がまめに滑走路の修理をしていることこそ、彼らが諦めていない証拠だろう。

経験豊富な飛行隊長と呼べる段階にないことは、彼とて自覚はある。幸運に恵まれていると言われれば、否定もできない。だがいましばらくは、その幸運は続くだろう。

根拠はない。しかし、彼はそれを信じていた。

じっさいカタパルト発艦も、以前と比べればかなりこなれてきている。発艦時間も数分ではあるが短くなっている。

いまもこうして部隊は順調に出撃している。第一次航空隊が四九機、そして第二次攻撃隊が四九機。

最初は直衛機さえ一機もない、全戦力を投入するという計画だった。たださすがに曽根飛行長らも、直衛機ゼロというのは危険過ぎると思った。

とは言え、戦闘機は各空母一〇機しかない。要するに攻撃機偏重が原因ではあるのだが、それらの護衛にも戦闘機はいる。

結局、各空母一機だけ戦闘機を直衛に残し、ほかはすべて第一次、第二次の攻撃隊に編入した。

もちろんこれだけでは戦力的に不十分なので、二隻の特設砲艦の水偵も空母部隊の警戒に組み込まれた。周辺を哨戒し、敵影があれば早期に報告し、戦闘機に連絡するわけである。

最悪、水偵も戦闘に参加することになるが、旧式の複葉水偵だけに戦闘力は限定的だ。牽制にはなるだろうが、それ以上は期待できまい。

それでもいいと曽根飛行隊長は思う。直衛機ゼロというのは不安はあるものの、空母部隊に敵襲があるとは、彼も思っていない。自分たちが成功すれば、敵機などやって来ないのだ。

飛行は順調だ。天候も悪くなく、敵影も見えない。そうしてあと少しでダーウィンという時、無線機のレシーバーが叫ぶ。「敵襲！」と。

4章 昭和一七年六月、誤算

1

昭和一七年六月一三日現地時間〇六三〇、ダーウィン近海。

第一次攻撃隊は、艦爆を中心に飛行場破壊のために編制された。敵機がいれば地上破壊し、いなければ滑走路を破壊する。いずれにせよ、制空権は確保できる。

ほとんどの将兵は、滑走路に敵機はいないと漠然と思っていた。いままでがそうだったからだ。

そしてある意味で、それは正しい。航空基地の飛行機はすでに離陸を終え、日本軍機を待ち構えていたためだ。滑走路に残っている機体はない。

攻撃隊に襲いかかってきた戦闘機隊は、一〇機とか二〇機というレベルではなかった。少なくとも三〇機から四〇機のＰ40やＰ39戦闘機が攻撃隊に殺到する。

零戦隊もこうした敵機を迎え撃とうとするが、敵戦闘機隊は、まさに零戦隊の手薄な方角から奇襲攻撃をかけていた。

多くの艦攻、艦爆が上空から背後を取られ、Ｐ40やＰ39の銃弾にさらされる。特にＰ39の三七ミリ機銃は、攻撃機に対しては致命的とも言える威力を持っていた。

四〇機余りの艦攻・艦爆のうち、早くも六機が敵襲により撃墜されていた。曽根飛行隊長は、この状況に冷静さを失っていた。

彼はこうした場合にどうすればいいのか判断する経験に欠けていた。戦闘機隊に艦爆や艦攻を守れと言っても、そもそも限界がある。戦闘機の戦力比は四倍以上あるのだ。

曽根飛行長が命令せずとも、九機の零戦は攻撃機を守ろうとする。だが敵戦闘機隊は、真正面から零戦との戦闘を避けている節があった。

零戦の運動性能は彼らも知っている。だから必要以上に深入りしない。彼らは零戦と戦わず、それを挑発することだけに専念する。

それでも零戦の運動性能はＰ39やＰ40に勝っていた。零戦隊はそうした連合軍機を次々と撃墜する。

だがそうした零戦もまた、何機かは撃墜される。数の差は圧倒的だった。

なによりも零戦隊が迎撃戦闘機隊と空戦を続けている間、艦爆や艦攻を守るものがいなかった。曽根飛行隊長の艦攻だけは、なぜか誰にも攻撃されない。それは幸運によるものだったが、当の曽根飛行隊長にとっては、生存を幸運と思う余裕はなかった。

何もできず、何も采配をふるえないままに、友軍の損害だけが大きくなる。彼がとっさに思いついたのは、待ち伏せされたという報告だけだった。

そして彼は爆弾を捨て、撤収を命じた。これ以上の攻撃は損害を拡大するだけだ。じじつ、彼がそれを決断した時点で、攻撃隊の半数近い二三機が撃墜されていた。

零戦も残存は五機だけである。第一四航空戦隊にとっては貴重な戦闘機だ。

曽根飛行隊長の命令で戦爆連合が撤退すると、連合軍機は追撃しようとしなかった。彼らも深入りはしない。

すぐに帰還し、燃料と弾薬の補給をしなければ、次の攻撃隊が現れる。戦闘機隊は基地に帰還し、つかの間、ダーウィンの空を制するものは誰もいなかった。

2

昭和一七年六月一三日現地時間〇七〇〇、ダーウィン近海。

この作戦での第七戦隊司令官は西村祥治少将であった。その直前までは栗田健男少将だったのだが、定期的な異動で彼が指揮を執っていた。

常識で考えれば、ダーウィン攻略のような一大作戦の直前に司令官を異動させるというのは馬鹿げたことのように思える。

純粋に軍事的に考えるなら、そうなのかもしれない。しかし、日本海軍は軍事組織とは別に、明治憲法下における一つの官衙《かんが》という顔を持つ。

官僚機構としては特別な理由もなしに、特定の部門だけで人事異動の例外を設けることは避けるべきである。定期異動は平等でなければならないのだ。

言い換えるなら、組織の仕事の効率よりも組織の平等が優先されることになる。

海軍省人事局としては、栗田少将から西村少将への異動で自分らの仕事は終わった、となるだろう。

しかし、当の西村司令官にしてみれば、自身の仕事は終わるどころか、はじまってもいない。部隊の掌握もまだなら、作戦の全貌を理解するにも時間が足りない。じつを言えば西村司令官は、この作戦の主目的がポートモレスビー攻略のための支援作戦という大前提に対しても十分な認識ができていなかった。

彼にしてみれば、急な異動で大作戦を委ねられ、全体を把握するよりも自分の持ち場で何をすべきかの理解で手一杯だったのだ。

こうした不都合を理解している人たちもいないではなかった。しかし、大きな問題とはならなかった。

理由は、日本軍が破竹の勢いで進軍を続けているからにほかならない。勝っているからこそ、人事も平常運転で動かせる。

「司令官、一四航戦が予想外の苦戦をしているようです」

先任参謀が報告する。西村司令官は数少ない幕僚である先任参謀とも、まだ十分に意思の疎通がはかれているとは思えなかった。

それは先任参謀も同様なのだろう。彼は努めて作戦や戦況に関する情報を集め、司令官である自分に報告してくれる。このことは本当にありがたいと西村司令官は思う。

「予想外の苦戦？」

「ダーウィンで待ち伏せを受け、予想外の損害を出したとのことです。航空隊の指揮官は第二波の早期出撃を促しています」

「どの程度の損害を被ったのか」

「攻撃機多数のほかに、戦闘機を四機失ったとのことです」

「戦闘機四機か」

航空畑ではないことと、第一四航空戦隊についての詳細を知っているわけでもない西村司令官は、第一次攻撃隊の撤退を意外に思った。

五〇機程度の出撃で、戦闘機四機のほかに攻撃機多数を失った。彼はそこに、損害は軽微という印象を受けた。五〇機の出撃で戦闘機が四機。

じっさいは九機の戦闘機のうち、四機を失ったのだが、具体的な編成を知らないために、彼の印象は現実と違っていた。


現実は攻撃機二三機、戦闘機四機の総計二七機、つまり半数以上の戦力を失ったという大敗だった。

しかし西村司令官は、損失は一〇機程度と考えていた。それでも全体の二〇パーセントで、大損害には違いない。

彼の解釈では、攻撃隊の指揮官は奇襲攻撃を受けたことで動揺し、十分な戦果をあげないままに撤退した……であった。

航空隊が待ち伏せされ、予想外の苦戦をしたことを西村司令官は理解したものの、彼はそこで特に積極的には動かなかった。

戦場はまだ離れているし、巡洋艦が航空戦に関与できる余地はないに等しい。それに彼の理解では、上陸支援の中心は重巡による砲撃であり、航空隊はその支援である。

だから航空隊が苦戦しても、第七戦隊がやるべきことがあるとは思えない。彼が行った数少ない命令は、対空戦闘準備を下命したくらいであった。

「前方より敵航空機、多数!」

重巡最上の見張員がそれを報告したのは、作戦スケジュールにしたがい砲撃を行おうという直前だった。

「司令官?」

「敵機が来るのは想定内のことだ。作戦は実行する。敵機は一四航戦が対処するはずだ」

西村司令官は航空畑に明るくなかったものの「日本の空母部隊は不敗」という話を信じていた。「赤城ショック」はあったにせよ、その後の海軍航空隊や一航艦の働きはめざましい。そうであれば、一四航戦も緒戦でつまずいたものの、最後は勝つと考えるのはそれほど不自然ではなかった。

この時、上陸部隊に向かっていたのは、米陸軍のB25を中心とする攻撃隊だった。まだ太平洋戦域には十分な数の四発爆撃機は配備されておらず、B25にしても十分な数はない。

そのため攻撃隊の一部には、イギリス製の双発爆撃機も含まれていた。それらはP40などに護衛され、上陸部隊に向かう。

「一四航戦は何をしているのか!」

さすがに西村司令官も、友軍機の姿がまったく見られないことに苛立ちを隠せない。制空権を確保するのが彼らの役割ではなかったのか?

それぞれの重巡洋艦の艦長は、高角砲や機銃に対して対空戦闘の開始を命じていたが、主砲はあくまでもダーウィンの海岸を向いていた。

「合戦はじめ！」

西村司令官は敵編隊が接近するなか、主砲の砲撃を命じた。そこには飛行場への砲撃も含まれており、滑走路を使用不能とする点では確かに効果はあげていた。

しかし、いま現在飛行している航空機には、それらはほとんど意味がなかった。目の前の飛行場を破壊しても、航空隊には戻るべき別の飛行場がある。それを日本海軍はまだこの時点で把握していなかった。

西村司令官の判断の過《あやま》ちは、滑走路の攻撃を優先したとは言え、作戦の中止を行わなかったことだ。これは西村司令官の責任というよりも、陸海軍部隊の意思の疎通の問題と言えた。

作戦を実行することに関しては、陸海軍ともにそれぞれの部隊指揮官の判断で行うことができた。

このことにより作戦の判断は陸海軍ともに、独自の裁量を確保できたと解釈されていた。じっさい、これでいままで問題になったことはない。

ところが海軍部隊が作戦を実行した中で、陸軍部隊が実行しないということは現実にはできなかった。

理屈では陸軍部隊は退くことも可能だ。しかし、海軍部隊が大規模攻勢に出てしまった以上、陸軍は退けない。

根本的な問題は、陸海軍双方に対して命令権と決定権を持った指揮官がいなかったことだ。結果的に作戦の全体調整を行う存在もいないことになる。悲劇はそこから起きた。

3

昭和一七年六月一三日現地時間〇七二〇、上陸部隊。

作戦計画にしたがい陸軍の歩兵第二八連隊は、すでに舟艇への移動を開始し、ダーウィン攻略のための迂回上陸の準備をはじめていた。一〇隻の貨物船に護衛戦力は駆逐艦が二隻。

駆逐艦の対空戦闘力向上問題は、各方面で議論されていたが、すでに戦争ははじまっていた。

空母部隊の「トンボ釣り」として比較的旧式の駆逐艦が航空戦隊には付属していたが、そうした駆逐艦に対しては、主砲の高角砲への換装などは比較的容易に認められた。

だが、第一線の駆逐艦に関してはなかなか作業は進まなかった。水平・高角の両用砲の開発と実戦配備には時間がかかる。

悪いことにこの新型砲塔開発の件は、水雷戦隊で知らぬ者はいないから、すべての水雷戦隊関係者は、それらを自分たちに優先的に装備してほしいと考えていた。

結果として、現有戦力の対空戦闘力は向上しない。高角砲を搭載することも行われず、また高角砲の生産も追いつかない。

結果的にこれらの駆逐艦は、機銃の増設と「平射砲による対空戦闘講習」の訓練で当座をしのぐことになっていた。

ダーウィン攻略の上陸船団には、制空権確保に失敗した時点で大きな問題が露呈していた。それは上陸部隊の陸軍船舶を海軍艦艇が護衛することは決まっていたものの、情報共有に関しては何も決められていなかったことだ。

つまり二隻の駆逐艦は、第一四航空戦隊が制空権確保に失敗したことを知っているが、陸軍将兵はその事実を知らない。

陸軍部隊は敵航空隊の脅威の可能性を知らないまま、上陸作業を進めていたのである。

歩兵第二八連隊の一木連隊長は、駆逐艦が慌ただしく動く様子を見ても、さほど動じなかった。

空を見ればいくつもの黒煙が空に走っている。さらにダーウィン方面からは、雷鳴のような砲声が届いていた。

戦闘ははじまっており、護衛部隊がそれに備えるのは当然だろう。

一木連隊長自身は、自分たちが厳しい状況に置かれているという意識はなかった。海軍から撤退という話はきていない。

それに彼は、状況から日本軍有利と判断していた。作戦に齟齬《そご》があったなら、海軍はダーウインを予定通りに砲撃などしないはずだからである。

「海軍が退かないならば、陸軍が退くべき理由はない」

明快な判断だ。

波は比較的穏やかであり、将兵は順調に大発や中発に移乗していた。歩兵連隊なので、大隊砲や山砲などの中隊は付属しているとは言え、火力は限定的だった。

ただ作戦の性質に鑑《かんが》み、トラックは何十両か装備されている。大発にはそうした自動車が積まれ、上陸と同時に前衛が車両より機動戦を行うことになっていた。

これらの車両の中には砲兵を乗せ、同時に火砲の牽引も行うものもあった。

輸送を担う貨物船の両舷には、兵員を満載した大発が並んでいる。それらは順番に船舶から離れようとしていた。

駆逐艦が主砲と機銃を撃ちはじめたのは、まさにそんな時だった。最初は平射に近かった駆逐艦の主砲は、すぐに仰角をあげる。

仰角をあげるとともに、砲弾の発射速度は緩慢になった。基本的に平射用の火砲であり、仰角をあげれば発射速度の低下は避けられない。

駆逐艦二隻は、こうして一木大佐の知らないところで戦闘を開始した。

「敵機来襲！」

誰がそれを叫んだのかはわからない。ほぼ同時に一〇隻の輸送船で、そうした声があがる。

駆逐艦の主砲弾が炸裂した赤褐色の煙の中に、確かに多数の航空機の姿が見えた。砲撃は駆逐艦二隻の割りには激しい。

だが敵航空隊に対して、いずれも有効弾とはなり得ていない。砲弾の多くは、航空隊の後方で炸裂していた。

じつはこれは、第七戦隊の重巡洋艦や第一四航空戦隊を攻撃した迎撃隊とは異なる攻撃隊であった。

オーストラリア軍は米軍から移動式のレーダーを供与され、それを海岸線付近に展開していた。

第一四航空戦隊の攻撃が空振りに終わったのは、レーダーにより航空隊を移動させていたためである。

日本軍がダーウィンに上陸するであろうことは、連合軍にも予想がついていた。そのためのレーダー網である。

そしてそれらは、後方の空母部隊の位置こそ特定できなかったが、日本軍が砲撃部隊と上陸部隊に分離したことを把握するのに成功していた。

そのため基地防衛と砲撃隊攻撃のための部隊とともに、上陸部隊を攻撃する部隊が編成されたのであった。

上陸部隊を攻撃したのは、主にB25を中心とする三〇機ほどの部隊だった。B25の部隊にとって意外だったのは、日本軍の上陸部隊周辺の上空に護衛戦闘機がなかったことだ。

作戦の前提が、空母部隊による制空権の確保と、第七戦隊の砲撃による牽制で航空基地の破壊にあったため、上陸部隊の上空警護は必要ないと考えられていた。

上空警護を用意するとなれば、陸海軍の調整がそれだけ煩雑になる。それは陸海軍ともに、あまり望ましいとは思わなかった。

なにより、いままでの南方での上陸作戦は必ずしも制空権が確保されていなかった。それでも成功したという事実は、そうした面倒な調整を行う必要性を感じさせなかった。

またこれは主に海軍の都合だが、上陸部隊の上空警護となれば、第一四航空戦隊だけでなく、あと一隻か二隻、空母を増やさねばならない。

海軍としては本命のポートモレスビー攻略ならいざ知らず、支援作戦のダーウィン攻略にそれだけの空母を投入しようとは思わなかった。

それよりも休みなく出撃させている一航艦の再建と造修に時間を割くべきであろう。

いずれにせよ、作戦の計画段階で第二八連隊の上空が丸裸に等しいことを問題とする者はいなかった。

「対空火器はないのか」

一木大佐は徴傭船の船長に質《ただ》す。

「ありません。本船は非武装です」

「そうか」

輸送船舶が普通の貨物船であり、武装らしい武装がないことは、一木大佐にもわかっていた。彼は船長の言葉で、奇跡など起きないことを知った。

「そろそろ行くか」

一木大佐は敵機が迫るなか、自身も舟艇へと移動する。手順として、いま連隊長である一木大佐が大発に移乗する必要はなかった。むしろそれは不要なこととも言えた。

指揮官が真っ先に危険に身をさらしてどうするのか。指揮官が最後まで生きていなければ、軍隊は烏合《うごう》の衆になりかねない。生存することも指揮官の義務なのだ。近代軍とはそういうものだ。

それはもちろん、一木大佐も理解している。それでもあえていま舟艇に乗るのは、部下に自分も死地に向かうことを示すためだ。

指揮官だけが後方の安全な場所にいることはない。連隊長は部下と苦楽をともにする。その姿勢を示すことで、部下の士気を高めようと考えたのだ。

言い換えれば、彼はこの上陸作戦が、いままでの上陸作戦とは比較にならない激戦になると見切ったのである。

同時に、そこには近代陸軍の軍人としての一木大佐の計算もある。

敵機は双発の爆撃機が中心に見えた。

大型機が爆撃するなら貨物船のほうで、舟艇ではあるまい。舟艇をピンポイントで爆撃できるような腕は、敵機にはないだろう。

もちろん、舟艇では付近に爆弾を喰らっただけでおしまいだ。貨物船なら、まだ抗堪性はある。

要するに、この状況では安全な後方などない。ならば多少なりとも部下の士気に貢献するほうを選ぶべきだろう。士気が高ければ生存率も高くなる。

一木大佐の考えはそうした理屈であったが、それを目の当たりにする将兵には、連隊長の行動は印象的だった。

「どうして連隊長殿が！」

舟艇に乗る将兵は予想外の事態に驚き、戸惑い、そして喝采をあげる。駆逐艦はもう戦闘に入っている、敵編隊の到達も時間の問題だ。

そのなかで連隊長は吹けば飛ぶような舟艇に乗ろうとしている。部隊の士気は否応なく高まった。

「軽機は使えるか」

「はい、使えます！」

機関銃分隊の分隊長は、連隊長という雲の上の人からいきなり声をかけられ、そう返答した。この状況でほかに返答があろうか？

「なら、敵機が来たら応戦してくれ」

「了解しました、連隊長殿！」

連隊長が乗り込んできた大発では、すぐに背嚢《はいのう》を土嚢代わりに組み上げ、軽機関銃座を作り出す。

ほかの大発でも、一木大佐が何を考えているかがわかると、次々と軽機関銃の銃身が空を向いた。

一応、陸軍の教範にも軽機関銃による対空戦闘の手技は載っている。載っている以上は訓練もなされている。

しかし、それは可能であるという話であり、軽機本来の目的ではない。それでも自分たちに反撃手段があることは、将兵にとっては重要だった。

最初に現れたのは護衛の戦闘機隊だったが、それらは積極的に攻勢には出てこない。先ほど空戦が行われたばかりであり、日本軍機の襲来を警戒しているらしい。


そのため攻撃はＢ25の到来によりはじまった。

もっともその前にＢ25が一機、どちらの駆逐艦によるものかわからないが、砲弾の直撃で四散した。それは砲弾の破片で損傷というものではなく、本当に直撃だった。

信管が作動する前の直撃だったから、狙っていた本来の機体には命中しなかったことになる。つまりは射撃の結果ではなく偶然の産物だ。しかし、偶然にせよなんにせよ、命中は命中である。

駆逐艦ではどちらの砲弾が命中したかわからないから、両方で歓声があがった。だが命中弾と呼べるものは、この一発だけだった。

ただそれでもＢ25の側には確かに牽制になった。彼らは高度を上げた。

こうして爆撃機隊は一〇隻の貨物船に対して投

弾を開始する。爆弾は一〇〇〇ポンド爆弾であった。米軍部隊も船舶攻撃にはまだ十分な経験がなかったのだろう。

五〇〇キロ近い爆弾が命中すれば、確かに商船にとっては致命傷となる。とは言え、それは命中した場合だ。

実際は、船舶にとっては二五〇ポンド爆弾でも十分致命傷になるのだが、彼らは個々の爆弾の威力を優先した。

結果として激しい水柱が貨物船の周辺に林立するものの、貨物船にはほとんど命中しないという状況になっていた。爆撃隊にとってもこれは予想外だったが、事実は事実である。

この二〇機以上のB25の爆撃隊により撃沈された貨物船は、わずか一隻にとどまった。もっともそれは、日本にとって大切な一隻ではあったのだが。

しかしながら、この爆撃が日本軍に対して無意味かと言えば、決してそうではなかった。それどころか第二八連隊に対して、それは大きな試練になっていた。

「第二小隊が転覆しました！」

B25爆撃機の爆弾の多くは、移乗作業を行っている大発などに大きな影響を与えていた。爆弾により数十メートルの水柱が現れ、それによる波を受けて転覆する上陸用舟艇が続出したのだ。

これも爆弾から少し距離をおけばなにごともなかったはずだが、舟艇隊は密集して上陸態勢を整えつつあった。爆撃はまさにその最中に行われたのだ。

「すぐ救難にあたれ！」

同じ中隊が乗る別の多くの小隊の大発で、小隊長が命じる。転覆した船舶の乗員を救う。同じ中隊かどうかにかかわりなく、そもそもそれは人としてなすべきことだろう。

救難を命じられた小隊の下士官兵たちも、その命令になんら疑問を抱かなかった。しかし、こうした救難手順は必ずしも明確ではなかった。

これは単純に陸軍が人命を軽視しているためという話ではない。

日華事変以降、戦場における救難・医療のあり方について、医療の理想と戦場の現実と軍の理想の間で、深刻な議論が起きていたためだ。突き詰めれば、適切な治療として搬送を行い、治療の順番を決めるトリアージをどうするのかという話である。

こういう状況であるため、転覆しなかった大発の対応は個々に異なっていた。「軍人だから戦友を救うべき」と言う小隊長と、「軍人だから任務を優先すべき」と言う小隊長では、行動が違っていた。

どちらが正しいのか？　それを判断するのは容易ではない。問題はむしろ連隊の中で、そうした異なる対応の大発・中発が混在していることだった。

そもそも自動車と歩兵小隊を乗せた大発に、さらなる人員を乗せる余裕は、なくはないが十分でもない。それに助けると言っても、救難機材が整っているわけでもなく、救難にあたる兵士たちが逆に海に落ちるようなことも起きていた。

最終的に、貨物船側からカッターなどが降ろされ、それらが救難を行うことになる。こう書くと単純なことのように思えるが、すでに上空では敵航空隊が襲撃していることを忘れてはならない。

第二八連隊のために貨物船からカッターやランチを降ろすというのは、万が一の場合に自分たちの脱出手段がなくなる可能性を意味するのだ。それでも貨物船からはカッターなどが降ろされる。

商船の船乗りたちに軍人の葛藤はなかったかもしれない。彼らには船乗りの倫理感があった。

こうして海上には救護者を満載した大発とカッターがいた。そして海面には多数の遺体が残された。

遺体の多くは溺死者ではなかった。もちろん溺死者もいたが数は少ない。多くは海面を漂っている時に、近くに落下した爆弾に巻き込まれた兵士たちだ。

爆弾の直撃を受けた遺体はなかった。しかし、海中を通して爆発の衝撃波を全身に浴びたことで、それらの将兵は内蔵を破壊されていた。不幸中の幸いは、見える範囲で彼らが五体満足な遺体であることだけだろう。

歩兵第二八連隊全体で考えるならこの爆撃は、連隊の指揮系統を混乱させる点で最大の効果をあげたと言えるだろう。連隊全体が舟艇機動をしている時に、全体の指揮通信を行う方法論など陸軍も想定していない。

いままでの上陸作戦は問題なく成功していたし、そんなものが必要になる局面はなかった。だから研究もされていない。その想定外のことが、いま起きていた。

一木大佐の不運は、この状況で作戦を実行しなければならなかったことだ。彼はこの時点で連隊の掌握に成功していなかった。

一方、「軍人だから作戦優先で救難はしない」と決めた舟艇群もあり、それらはとりあえず、臨時に陣形を組み、一団となって海岸線に向かう。

この時、陣形に指揮官はいなかった。個々の小隊長は、自分たちと同じように海岸に向かう舟艇に接近し、安全な距離を保つようにしただけだった。だから特に何中隊の何小隊ということは意識されていない。それどころか、となりの舟艇がどこの誰かもわかっていなかった。

彼らはそうした単純なルールだけで、指揮官もいないまま陣形を組んでいたのである。いわゆる後の世で言う群知能（swarm intelligence）により、上陸部隊は陣形を組み進んでいく。

後に記される戦記ものでは、群知能という概念が知られていないこともあり、「一木大佐は混乱する舟艇隊を糾合《きゅうごう》し、上陸部隊の先頭に立ち云々」と書かれるのが定番となるのだが、実際には一木大佐を乗せた大発は陣形の中段の端に位置していた。

B25の一群も、この大発などの集団は確認していたが、彼らにはすでに爆弾はない。一方、日本軍機の攻撃もなかったため、これらの舟艇の群れには戦闘機隊が向かって行く。

急降下して低空から機銃掃射をかける。後に大発なども鉄製になるのだが、この時期には木製が主流だった。

そのため命中した機銃弾は易々と大発の船体を貫いた。ただ機銃掃射での命中弾は意外に少ない。

移動する大発や中発のような小さなものに、上空から機銃弾を浴びせるのは思っているほど簡単ではないのだ。

「撃て！」

戦闘機の襲撃に対して舟艇の側も応戦する。それは軽機関銃による射撃であり、ほとんど効果はなかった。

ただ海上からの思わぬ反撃は、戦闘機隊にはある程度の牽制にはなった。それでも舟艇と戦闘機では、舟艇が不利であるのは否めない。

何隻かの舟艇が銃撃により炎上し、戦友に助けられたのは幸運なほうで、不運な舟艇では操縦者が倒れ、船体が炎上した状態で明後日の方向に向かっていったものもあった。

結果的に、第二八連隊の戦力の中で上陸に成功したのは――救難作業を終えて、後続で移動した戦力を除いて――当初予定の三分の一に激減していた。

本来なら、これだけの打撃を受けたら撤退するのがセオリーだろう。それは一木大佐にもわかっていた。

しかし、舟艇がこの状態では、もはや撤退という選択肢はない。彼らに残された選択肢は前進あるのみだった。

また、彼にも勝算がないではない。空襲で撃破された貨物船は一隻であり、舟艇の混乱さえ収拾がつけば、後続部隊はやってくる。

戦力の三分の一しかいないといっても、三分の二を失ったわけではなく——とは言え、この時の一木大佐も、連隊の将兵の損失がどの程度なのか正確には把握できていない——連隊はまだ戦えるはずだった。

大発や中発は次々と海岸線に揚陸し、歩兵やトラックが放たれる。

「前進！」

部隊が上陸して、はじめて一木大佐の命令はその場の将兵すべてに伝達された。

4

昭和一七年六月一三日現地時間〇八〇〇、第七戦隊。

戦争において齟齬とは不可避的なつきものである。ある意味、勝つ軍隊とは強い軍隊というよりも、齟齬が少ない軍隊であると言えるかもしれない。

それがあるからこそ、戦場での勝敗は兵力の多寡《たか》だけでは単純に決まらない。だからこそ寡兵が大軍を降すようなことが、歴史の中では何度となく起こる。

このダーウィンの攻防戦でも齟齬は起きている。それは攻守ともにであり、それにより戦局は混沌としはじめる。

日本軍の齟齬は、第一四航空戦隊が制空権を確保できなかったことから生じていた。一方の連合軍側も、上陸船団を爆撃により壊滅するはずが、撃破一隻にとどまったことが計画を大きく狂わせた。

滑走路は破壊され、航空隊を運用できるのは後方の基地のみとなる。それはある程度は想定済みのことであったが、日本軍の重巡が予想以上に航空基地攻撃に重点をおいて砲撃をかけたため、いま現在、基地は使用不能であり、復旧もできない状況だった。

その一方で、対空火器による損失は軽微であった。このことそのものは連合軍にとって悪いことではない。

しかし、連合軍航空隊は迎撃戦闘に関して、被撃墜数を見積もって作戦を立てていた。全体の何パーセントかは撃墜されるという想定で予備兵力やなにやらを計算するわけだ。

その見積もりが狂う。後方の航空基地は予想より多数の航空機を扱わねばならず、最前線の基地は予想以上の損傷を受けて使えない。

航空隊の移動距離は長くなり、扱う戦力は予想より増える。結果的に後方の航空基地は、一時的に麻痺状態に陥っていた。

混乱に拍車をかけたのは、攻撃第一陣の戦果が予想よりも低いことだった。連合軍の目算では、少なくとも上陸部隊は粉砕してしかるべきだったからだ。

こうして連合軍は防衛作戦の修正を迫られる。

日本軍は迂回戦術で上陸を行うと思われた。そちらには防衛線はないに等しい。だからこそ船団を叩いて水際防衛する計画が、ここで狂った。

防衛線のある正面には日本艦隊がいる。連合軍は手持ち戦力で、これに対応しなければならなくなった。しかも混乱の中で、敵戦力は旅団規模と実数の倍近い戦力が報告されていた。

戦車部隊を出せればいいのだが、ダーウィン方面の戦車部隊の規模は小さい。しかも機銃装備の軽戦車ばかりという状況だ。

機動戦力は機動戦力として編成するとして、航空隊をどうするか？　分散して戦果があがらなかった以上、戦力を集中するしかない。では、第二八連隊か、それとも日本艦隊か。

「最大火力を、まず叩くしかない」

連合軍航空隊は、第七戦隊を主たる攻撃目標に定めた。

重巡洋艦最上と三隈は連合軍航空隊が去った後、一種の虚脱状態にあった。駆逐艦一隻が轟沈《ごうちん》し、一隻が大破したものの、二隻の巡洋艦の損害は軽微で終わった。

それには命中爆弾が不発だったという僥倖《ぎょうこう》も数えなくてはならないだろうが。

西村司令官以下は胸をなで下ろしたものの、自分たちは運のすべてをこれで使い尽くしたという想いもあった。

重巡の甲板上には対空機銃や高角砲の薬莢があちこちに転がりながらも、ともかく艦は戦える状態にある。

最上、三隈の艦長は主計科に命じて将兵に特配を行っていた。こちらも損害は限定的だが、敵も目立った損失はない。再び敵襲が行われるのは明らかだ。

おそらく今日は長い一日になる。だから食べられるうちに食べておく。

「一四航戦から第二波が来るそうです。チモールの航空隊からも戦闘機隊が出たとの一報がありました」

その報告を西村司令官は冷静に、というよりも無感動に受け取った。遅すぎるというのが、西村司令官の偽らざる心境だった。

おそらく自分の不満が理不尽なものであるとは、西村司令官もわかっている。それでもやはり、航空隊が当初の予定通りに制空権を確保してくれていたら、駆逐艦二隻が失われることはなかった。

「まぁ、いいだろう」

西村司令官は言葉にならないつぶやきを漏らす。とりあえず第七戦隊は無事だ。敵襲は再度行われるだろうが、今度は迎撃機がいる。次は敵の好き勝手にはさせない。

すでに二隻の重巡は、ダーウィンの飛行場を中心に激しい砲撃を加えていた。地上の防御施設よりもそちらを優先していた。

陸軍部隊は正面ではなく迂回するわけだから、砲撃で援助する必要性は高くない。それよりも航空兵力の封殺だ。

それは西村司令官の判断ではあるが、基本的に当初の計画通りということでもある。つまりは司令官は現状で、作戦方針を変更する必要を特に感じていなかった。

「敵機来襲！」

友軍の航空隊より早く、敵軍の爆撃機隊が飛来する。戦闘機、爆撃機合わせて四〇機ほどなのは、後方の基地の混乱のためだった。

今回はすぐに主砲が対空戦闘に切り替わる。一隻一〇門の二〇センチ砲が、戦隊合わせて二〇門。それらが対空戦闘用の砲弾を放つ。

その威力は高射砲の比ではなかった。単純計算で炸薬量でも四倍弱の違いがある。破片効果の威力も広範囲だ。

事実、それはなかば偶然だが、初弾から命中弾が出る。一発の砲弾がＢ25の近くで炸裂し、そのＢ25は主翼を吹き飛ばされ、海面へと激突した。

主砲を操作している人間にはそれは見えなかったが、甲板上の将兵にとっては士気のあがる光景だった。

しかし、このような撃墜は続かなかった。本来は対軍艦を想定しての二〇センチ砲だ。想定している戦闘が異なるから発射速度も違う。射撃盤も対空戦闘にはあっていない。


なるほど二〇センチ砲としては優秀ではあったものの、その射撃速度では次弾を撃つ間に航空機は何百メートルも進んでいた。

この時点で第一四航空戦隊の戦爆連合は目視されていたが、その報告は混乱の中で届かなかった。

そして、Ｂ25の集団は重巡洋艦最上と三隈を集中して狙う。至近距離の戦闘では主砲の二〇センチ砲の出る幕はなく、戦闘は高角砲と機銃が主役となった。

最上型に限らないが、日本海軍の大型軍艦は左右両舷に高角砲があり、高射装置も左右両舷にあった。

これが合理的な配置であると設計者は考え、用兵者も特に疑問を抱くことはなかった。だが航空主兵の時代になり、状況は変わった。

航空機が多用され、速度も速くなった。そのため航空機が艦に対して前後方向ならまだしも、左右方向に移動した場合には、高射装置はそうした航空機を追尾することができなかった。

攻撃すべき航空機を発見しても見失い、すべてやり直すということが連続することになる。

結果的に高射装置はほとんど役に立たず、個別の高角砲で照準する形となっていた。射撃速度は上がるが命中精度は下がる。

そうしたなかでB25の一機が、重巡洋艦最上に爆弾を投下する。二発の一〇〇〇ポンド爆弾は一発は外れるものの、もう一発は四番砲塔付近に命中した。

爆弾は砲塔そのものには命中しなかったが、甲板を突き破って艦内で爆発する。その衝撃で航空兵装が吹き飛ぶとともにそれらが炎上し、甲板上に飛び散った。

艦内の爆発とそれにより生じた火災のため、四番砲塔は旋回不能となり、さらに火薬庫への誘爆を防ぐために砲塔内への注水が行われた。

しかし、五番砲塔もすぐに旋回不能となるだけではなく、艦内の電路を通じて密かに火災が延焼していた。

四番砲塔の消火作業に運用科が忙殺されているなか、最上の五番砲塔に火災が広がった。これは火薬庫への延焼も含むもので、一つ間違えば火薬庫が大爆発を起こしかねなかった。

それはなんとか消し止めたものの、四番、五番砲塔の火災は深刻だった。さらに対空火器もいくつかが止まる。

これも艦内の電線が延焼し続け、回線が使えなくなった結果だった。軍艦の回線は一部が切断するような事態は想定して設計しているが、燃えることまでは考えていない。

さらには塗料まで燃えはじめていた。塗料にせよ、電線にせよ、そんなものがこれほどよく燃えるとは誰も考えていなかった。

そのため対応はどうしても後手にまわる。皮肉なのは、この火災による延焼は大量の煙もまき散らし、航空隊からは、最上はもはや沈むように見えた。

結果的に攻撃は三隈に集中する。第一四航空戦隊の戦爆連合が第七戦隊上空に到達したのは、そのタイミングであった。

戦闘機隊は、本来は艦爆・艦攻の護衛にあたるはずだったが状況を見て、すぐに第七戦隊の護衛に移った。

じつは第一四航空戦隊の第二次攻撃隊は、第七戦隊の護衛については明確な命令を受けていない。そもそも戦闘機が少ないこともあり、基地破壊により敵航空隊を無力化する方針にしたがっていた。

結局のところ、上陸船団・第七戦隊・第一四航空戦隊は、事前の作戦計画の調整だけは綿密に行っていたが、想定外の事態にどう対処するかという点については、連絡手順さえ明確に決められていなかった。

もちろん、部隊間の一般的な通信手順はあるわけだが、それは艦隊司令部を介するなど煩雑なものであった。

直接的な通信となると、陸軍部隊を含むこともあり、明確化されていなかったのだ。要するに、いままですべてが順調に進んでいたため、相互連絡が必要な事態を想定していなかったわけである。

さらに問題を複雑にしたのは、陸海軍合同のこの上陸作戦で、最先任が西村司令官であったことだ。

少なくとも海軍側全体の指揮官は西村少将であった。しかし、定期的な人事異動で第七戦隊司令官になった西村少将は、部隊の掌握も十分にはできていない。

作戦がすべて順調なら、こうした不備が顕在化することはなかった。だが、作戦が大きなトラブルに見舞われたいま、相互連絡の不都合は事態をますます悪化させた。

第二次攻撃隊の零戦は、やはり九機だった。商船改造空母で出せる戦闘機戦力はこんなものだ。しかも今回は攻撃機偏重の編成をとっていた。

それでも零戦隊は、自分たちの倍以上の数を誇るB25爆撃隊に躍りかかって行く。それに対して護衛のP40戦闘機などが迎え撃つ。こちらも数では倍だ。

性能では零戦がP40戦闘機を上回り、操縦員によっては数が倍でも勝てると豪語する者もいた。だから第一四航空戦隊の零戦隊は数に怖れることはなかった。じじつ向かってくるP40を零戦は、その速度と運動性を活かして次々と撃墜して行く。

だが零戦隊の数では、戦闘機隊と交戦している限り、B25爆撃機を攻撃する余力がない。

零戦隊は奮戦するものの、撃墜するのは戦闘機ばかりであり、爆撃機ではない。そしてこの状況では、数で倍する敵戦闘機は日本軍には大きく不利に働いた。爆撃機から重巡を守るという目的をまったく果たせないからだ。

ただ皮肉にも、艦攻や艦爆はこの空戦のおかげで迎撃されることはなかった。P40戦闘機は零戦により抑えられ、攻撃機は安心して地上施設を破壊できた。

B25爆撃機はこの乱戦の中をぬって、重巡洋艦三隈に爆撃を加える。ただすでに最上攻撃にも爆弾を投下していたため、三隈に攻撃を集中するといったところで、じっさいに爆弾を投下できる爆撃機は半分以下だった。

そして零戦隊がB25を攻撃できないのは、第三者的な視点だからこそわかること。B25の搭乗員たちには、そんな事情はわからない。

視線を向ければ、友軍戦闘機が次々と撃墜されている。自分たちも攻撃されるかもしれないと考えるほうが自然だ。

そのためB25の命中率は大幅に落ちていた。照準のための直線飛行ができず、零戦が接近するとパイロットたちは、すぐに軌道を修正した。

結果、一〇機以上の爆撃機が三隈に爆弾を投下するものの、命中弾は二発にとどまった。

一つは五番砲塔周辺、もう一発はカタパルト周辺である。そして、重巡洋艦三隈においても火災が生じ、その結果は僚艦最上と同様だった。

つまり火薬庫に延焼しかけ、電路の電線が燃えることで火災が拡大し、さらには塗料まで燃えはじめる。

その結果、第七戦隊の二隻の重巡は射撃装置によりすべての砲塔が同一目標を攻撃することはできず、個々の砲塔が射撃を行うしかなくなった。しかも三隈も最上も、後部の砲塔は火災の影響で使えない。砲撃はどちらも艦首部の砲塔三基でしかできない。

西村司令官はこの時、何をなすべきか迷っていた。任務を続けるべきか、それとも退くべきか？

彼の判断を鈍らせたのは、二隻の重巡は地上砲撃はまだ可能なことと、第一四航空戦隊の働きから、敵航空隊の攻撃は阻止できると思えたからだ。

そんな彼が撤退を決意したのは、一つの報告からだった。電路の延焼が予想以上に深刻で、高角砲などが使えないというものだ。

火災は鎮火したとの報告を一度は受けていたのだが、じつは誤報であり、見えないところで延焼が進んでいた。それは鎮火できたものの、二隻の重巡は外観以上の損傷を負っていた。

考えてみれば、すでに駆逐艦二隻も失っている。損害は甚大と言うべきだろう。

ただこの時、西村司令官が抱いていた感情は、自分が理不尽な状況に置かれているというものだった。

定期人事で状況もわからないまま司令官にされ、重要作戦を任された。そして作戦が行われ、戦隊は甚大な損害を被る。

誰の責任なのか？　客観的には西村少将の責任だ。それはわかる。

だが、彼自身それは了解しているとしても、それでも自分が何も知らされないまま、勝てない状況に放り込まれたという思いは消えなかった。

第七戦隊の撤退に合わせ、第一四航空戦隊も後退することになる。ただ彼らは完全な撤退を行わず、陸軍第二八連隊の支援に赴くこととなった。

連隊は上陸したものの、戦車を伴う敵の強力な反撃に遭い、前進を阻まれていたためだ。ただ第一四航空隊に対する戦力の補充については何も約束されなかった。

5

昭和一七年八月一日現地時間〇四〇〇、第二八連隊。

夜明け前、地平線は赤く燃えていた。チモールからの陸攻隊が大規模な空襲を敵陣に対して仕掛けたからだ。

未明の空襲の後、日本軍は攻勢に出る。それはいままで何度も繰り返されてきたことだ。

「準備完了です」

報告を受け、一木大佐はうなずく。第二八連隊はすでに大隊規模にまで縮小してしまった。激戦が続いたが、結局、彼らはダーウィンの土を踏むことはなかった。

上陸時の手違いで総兵力の二割が死傷した。物資揚陸はなんとか定数だけ成功したが、部隊の集結に手間取り、前進は遅れた。

それでも当初は、作戦は成功するかに見えた。ダーウィン近くまで自動車隊は武装兵を乗せて前進できたのだ。

だがそれも、地雷原と遭遇するまでだった。前進が阻まれると砲撃が行われ、さらに戦車隊が前進する。

それはアメリカの軽戦車であったが、三七ミリの速射砲では正面装甲は抜けなった。

攻守ともに機動力の問題から機動戦は陣地戦となり、日本軍はじりじりと押されて行く。それでも壊滅しなかったのは、海軍航空隊の支援があればこそだ。

しかし、それももうこれまでだ。大本営はダーウィン攻略に関して「所定の目的を果たしたので第二八連隊を転進させる」ことを決定した。

いま日本軍の攻勢に備えているであろう敵の裏をかき、川には多数の大発が並んでいる。これに乗って川を下り、海に出る。

そこには第一四航空戦隊により制空権を確保された船団がある。彼らはそれで日本に戻るのだ。

「乗船！」

号令とともに整然と将兵が大発へと移動する。撤退戦のこの時ばかりは、一木大佐は殿《しんがり》で乗船した。

5章 昭和一九年六月、死闘

1

昭和一九年六月一〇日現地時間〇九〇〇、伊号第二〇三潜水艦。

「潜艦長、逆探に異常な反応があります!」

岸場潜水艦長が、その報告を受けたのは朝のことだった。

「異常とはなんだ」

「明らかに米海軍と思われる電探の電波が急増しました」

「急増だと! いままでは……」

「ウンともスンとも言ってませんでしたが、急に反応が増えました。一隻二隻の数ではありません。それと、明らかに大型軍艦搭載と思われる電探も確認されています」

「空母か?」

「いえ、そこまでは。対空見張電探の電波ですが、空母に限らず巡洋艦にも搭載されておりますので」

「なるほど」

それでも空母はいるだろうと、岸場潜水艦長は考えていた。状況がそれを示している。

多数の電探が活動を開始したというのは、大規模な艦隊が活動しているからにほかならない。

急に電波が使用されたというのは、大艦隊が無線封鎖の状態で接近して来たことを意味する。

いまそれが行われたとすれば、それはかねてより言われていた、連合軍のマキン・タラワの攻略作戦がはじまったということだ。

そして、それを第七艦隊の哨戒機が発見した。発見されたので敵は電探の封鎖を解いた。つまり、そういうことだ。

じっさい岸場潜水艦長の予測は、艦隊司令部からの情報で確認された。敵空母部隊が接近している。

「現在の彼我の距離は約一五〇キロ。相互に接近するならば、相手の動きにもよりますが、早ければ二時間後、遅くとも三時間後には接触することが可能です」

「遅くとも一〇時前後には敵影を見ることになるわけか」

伊号第二〇三潜水艦は敵襲に備えて哨戒任務を命じられていた。しかし、いまその敵が現れた。

所定の位置からは大幅に移動することになるが、現在位置にとどまるのは賢明とは言えまい。

「とりあえず、敵艦隊に向けて移動する。おそらく航空隊も出動するだろう。我々がどう動くかは、それ次第だな」

潜水艦乗りとしては、自分たちの行動が航空隊次第というのは業腹《ごうはら》と言えば業腹ではある。しかし現実は現実だ。

敵と矛《ほこ》を構えるのも、自分たちより航空隊のほうが先だ。そもそも敵を発見したのが航空隊なのだから、主導権はどうしてもあちらになる。

ただそれでも、航空隊が万能とは言えまい。潜水艦には潜水艦の強みがあるはずだ。自分がなすべきは、それを証明することだろう。

あるいは、それは残敵掃討になるかもしれない。しかし、それはそれで大事なことだ。

逆に残敵掃討どころか、その時点で勝敗がまだついていないとしたら、やはり自分は行かねばならない。

「あとは僚艦次第だな」

そうして移動すること二時間弱。逆探ではなく、電探が激しく反応する。対空見張電探は、前方で激しい航空戦が続いていることを示していた。つまり、勝敗はまだ決していない。敵軍は優勢だ。

「ここから先は覚悟がいるな」

伊号第二〇三潜水艦は潜航した。

2

昭和一九年六月一〇日現地時間〇九二〇、ギルバート諸島。

F6F戦闘機隊の迎撃を振り切り、四隻の空母にほぼ三〇機の銀河陸攻が迫っていた。戦闘機の護衛がないことはわかっていた。三戦も強いが、F6Fはなお強い。

戦い方さえ間違わなければ、負けることはないが、ミスを犯さない戦い方は熟練者でも難しい。むしろF6F戦闘機隊を寄せつけていない点で、戦闘機隊は健闘している。

そこで銀河陸攻隊は先を急ぐ。時間的余裕はない。なぜなら敵は空母四隻。戦闘機の総数は少なく見積もっても一〇〇機以下ということはない。

迎撃戦闘なのでほぼ互角の数が出ていたが、それらが陸攻隊の進攻を許した以上、すぐに戦闘機隊の増援が出る。

増援の戦闘機隊が出れば、もはや彼らを守る友軍戦闘機隊はない。なんとしてでも、敵が出て来る前に空母部隊を撃破する必要があった。

「ここまで来れば大丈夫だ」

陸攻隊の将兵の多くは、そう考えた。陸攻にとっての最大の脅威は常に戦闘機であったためだ。だから戦闘機隊さえ振り切れば攻撃は楽なはずだった。だが彼らには、一つ見落としがあった。

それは大規模な敵艦隊と遭遇し、戦闘することは絶対国防圏を設定し、戦線を整理してからはほとんどなかったということだ。


小規模部隊での戦闘はあったが、そこでは確かに戦闘機が最大の脅威であった。そして戦闘機隊さえ降《くだ》してしまえば、敵艦隊の守りは確かに手薄であった。それは先日の空母部隊を撃退した時もそうであった。

だが、今回はいままでと様相が異なっていた。まず護衛艦艇の数と密度が違った。それだけでも艦隊の対空火器密度は十分に脅威となる水準にあった。

しかし、銀河陸攻の将兵の多くは開戦後に教育を受けて養成され、実戦に出た者が多かった。それは日本陸海軍がやっと効果的に人材を戦場に送り出せた――旧弊な軍教育の文化を克服できた――ことを意味したが、同時に実戦経験でかたよった経験をした者が多いことも意味していた。

戦線が安定期を迎えていたため、大規模な海戦がない。それが戦線を維持するということだが、その安定期に前線に送られた将兵が多かったのだ。

安定期以前の苦しい時期を知っている将兵は絶対数で少なく、戦場から生還するのも容易ではない。そうした古参がいない。

結果として、彼らは意識していないが戦場の現実を甘く見ることになる。驕《おご》りというより、環境に適応した結果と言うべきか。成功経験が視野を狭くしたとも言えるかもしれない。表現は色々ある。

いずれにせよ、彼らは自分たちがいままでとはまったく異なる戦場に向かっていることを知らなかった。それは、銀河の対空火器に撃墜されたF6Fのパイロットも同様であったが。

後に記録されること。それは太平洋戦域で大規模にVT信管が使用された初の海戦が、この海戦であったことだ。

空母を護衛する駆逐艦、巡洋艦はすべて高角砲の砲弾にVT信管を装備していた。これだけでも陸攻隊にとっては大きな脅威であった。

しかし、彼らを待ち受ける脅威はそれだけではなかった。この空母部隊にはほかに新兵器があった。

二隻のアトランタ級防空巡洋艦がそれである。一二・七ミリ連装砲を八基装備しただけでなく、レーダーと連動したMk37射撃指揮装置により照準精度も上がり、四〇ミリ機銃なども多数装備している対空火器の塊のような軍艦だ。

すでに空母の輪形陣は、レーダーで日本海軍攻撃隊の接近を察知して、それらの真正面にアトランタとジュノーの二隻のアトランタ級巡洋艦を配置していた。

この二隻だけでVT信管装備の三二門の高角砲を銀河陸攻に向けていたのである。

陸攻隊の接近に対してF6F戦闘機隊の増援が出なかったのは、出撃のタイミングを逸したこともあるものの、最大の理由は友軍への誤射を恐れてのことだった。

すでに戦闘距離は対空火器の守備範囲に入った。VT信管とて敵味方の識別はしてくれない。輪形陣が航空機にとって危険空域であればこそ、友軍機は出せなかったのである。

それもあって、輪形陣周辺には日本軍機しか飛んでいなかった。だが米艦隊にとっては小さな、しかし結果的には大きな誤算があった。

それは銀河陸攻の上空警護のために、三戦が先行して艦隊に接近したことである。

三戦が艦隊に接近した時点でF6F戦闘機隊は追撃をやめた。対空火器に巻き込まれないためだ。

攻撃隊の指揮官は激戦の後でもあり、この徴候に気がつかなかった。そして三戦が艦隊に接近した時、対空火器が一斉に火を噴いた。

戦闘機に対して対空戦闘を彼らは開始した。そのことに疑問を感じる者は特にいなかった。戦闘機であれ攻撃機であれ、敵機は敵機だ。

しかし、やはり戦闘機と攻撃機は違う。銀河陸攻隊の指揮官は、三戦周辺に炸裂する対空火器の密度と照準の正確さに、いままでとは異なる戦場であることをすぐに見抜いた。

陸攻隊の指揮官が有能であったことは、彼が発した一つの命令で証明された。

「各機、散開し、個別に攻撃すべし！」

陸攻隊の指揮官は、ＶＴ信管の存在も知らなければ、Ｍｋ37射撃指揮装置についても情報を持っていない。

ただアトランタ級巡洋艦が高角砲だけを装備した新兵器であり、それが友軍の戦闘機を文字通り叩き落としている事実は、すぐに見て取ることができた。

なにしろ戦闘機三機が、立て続けに一隻の巡洋艦に撃墜されたのである。そしてその理由は、編隊を組み密集しているためだと彼には見えた。

だから散開し、敵艦の照準を妨げるなら陸攻の被害は軽減できる。それは一種の賭けでもあった。

陸攻隊が分散すると、防御火器を敵戦闘機に対して集中させることができない。とは言え、対空火器の脅威もあり、ここは臨機応変に行うよりない。

陸攻隊指揮官の意図は、すぐに艦隊司令部側も把握し、ここで再びＦ６Ｆ戦闘機隊に迎撃命令が下った。

この時期のＦ６Ｆ戦闘機には敵味方識別装置があり、レーダー上のどれが敵で、どれが味方かを識別し、適切な指揮を行うことができた。いや、できるはずだった。

艦隊司令部のミスは、Ｆ６Ｆ戦闘機を空母から発艦させ、増員したことだった。

まずレーダーは平面で状況を表示するが、航空戦は立体で行われる。敵味方、どちらが上空にいるのかがわからない。

初めての領域での航空戦に遭遇しているのは、日本海軍だけでなく、米海軍も同様だったのだ。

艦隊司令部は航空管制により銀河陸攻を攻撃しようとしていた。しかし、多数のＦ６Ｆ戦闘機を狭い戦域に投入したために、どれが何で、何にどう指示を出せばいいかがわからなくなった。

大量の情報がＣＩＣに殺到し、どの戦闘機に何を指示するか、それを適切に命令できなかったのである。

当の戦闘機隊は、そうした事情をわかっていない。さらに、当初は陸攻隊の対空火器で痛い目に遭ってはいたが、その時点での航空管制は――指示が適切だったかどうかはともかく――それなりに機能していた。


だからパイロットたちは、この局面で指示がなされなくなったことを理解し得なかった。指示があると思っていたので、指示がないと勝手に動けなくなったのである。

これは、航空管制になかなか従わないパイロットたちに業を煮やした戦闘幹部が、「命令に従うこと」を「厳命」したことも大きい。

勝手な判断で行動すれば「抗命罪に問う」とまで言われたら、パイロットたちも動くに動けない。

結局のところ、洋の東西を問わず、兵器の性能が十分に発揮できるかどうかは、運用側の組織的問題によるところが大きいということだ。

こうして陸攻隊の直接の脅威からＦ６Ｆ戦闘機は排除され、対空火器だけを考えればよかった。

しかし、その対空火器が強力だった。銀河陸攻は防御についても考慮された陸攻であったが、戦車ではないし、戦車でも一二・七ミリ砲には勝てない。

空母部隊に接近した陸攻は、すぐに五機が防空巡洋艦により撃墜される。二機が戦闘不能となり、爆弾を捨てて戦線を離脱した。

残りの銀河は二〇機足らずになっていた。それも無傷な陸攻は五機もない。大なり小なり損傷を負っていた。

その中で軽空母ベローウッドに接近する一団がいた。

銀河陸攻三機のその一団は雷撃にしては高く、水平爆撃にしては低い高度を飛行していた。そもそも攻撃にかかるにしては速度が速すぎた。あれでは照準もつかないだろう。防御火器の将兵は、そう考えた。

防空巡洋艦も空母の対空火器も、それらの銀河陸攻は存在は認識していても攻撃目標とはなっていない。

雷撃も爆撃も不十分な相手なら脅威度は低く、ほかに攻撃すべき敵機はあったからだ。だがこの三機は、決して中途半端な高度で飛行していたわけではない。

それらが爆弾槽の扉を開けた時でさえ、空母ベローウッドは自分たちが狙われていることを理解していなかった。

錨頭《びょうとう》はともかく距離が遠い。爆撃では外れだし、雷撃でも遠すぎる。そして、三機の銀河陸攻から爆弾が投下された。

それらの爆弾は海面を跳弾しながら、真っ直ぐに、しかし魚雷よりもはるかに高速で空母を目指す。

それは、欧米的な表現ではスキップボミングと呼ばれる投弾方法であった。日本海軍は北オーストラリアをめぐる戦闘の中で、そうした現象のあることを知った。

そしてこれが爆撃でも雷撃でもない、第三の攻撃手法になると考えた。この襲撃方法が実用化されれば、錨頭さえ合っていれば命中界が大きくなるから、急降下爆撃以上の戦果が期待できた。

これは重要なことだった。新型陸攻には急降下爆撃能力も求められていたが、それは新型陸攻開発のハードルを著しく高めていた。

このスキップボミングを活用できるなら、水平爆撃で急降下爆撃並みの命中率が得られるから、無理な要求仕様のために難しい機体設計をしなくてすむ。

機体はオーソドックスな陸攻だとしても、爆弾は違った。「敵艦の装甲も貫通すること」という無茶な要求――これは最終的には色々と妥協された――からはじまった爆弾開発は、おびただしい実験の結果、高速で舷側に激突する徹甲爆弾の完成をみた。

戦艦の装甲こそ貫通できないが、巡洋艦以下の艦艇なら舷側を貫通できるだけの威力が持たされた――ちなみに対戦艦用にモンロー効果を利用した弾頭の爆弾も開発されたが、実戦には用いられていない。

その反跳徹甲爆弾が、トビウオのように軽空母に向かって行く。爆弾の存在に気がつく者は、空母ベローウッドには一人もいない。

対空戦闘で誰もが空を見ていた。海面を見ている人間はいない。

だから反跳徹甲爆弾が爆発した時、ほとんどの将兵が、何が起きたかわからなかった。雷撃と考えた者もいたが、爆発箇所は海面より上だ。

爆弾は喫水線近くの高さで、舷側を突破して艦内で爆発した。水中弾で衝撃波が水中から船体を叩くようなことはなかったが、そこは装甲も施されていない部分であった。

爆発によって生じた破口は海面下にも達しており、そこから大量の浸水が起こる。

そのため半信半疑ながらも雷撃が疑われたが、それは周囲の駆逐艦の仕事であり、空母ではすぐに消火作業がはじまった。

しかし、反跳徹甲爆弾は命中界の大きさを期待している兵器であるため、複数の爆弾が広範囲に散った形で命中していた。

つまり、空母では同時多発に複数の火災が生じていた。一つ二つの爆撃なら、空母もダメージコントロールの見地から対策の考えようもあるが、ものには限度がある。こうした状況でのダメージコントロールは想定外であった。

空母ではまず電源が途絶し、艦内の電話も使えなくなった。艦内の情報伝達が麻痺した時点で、空母の運命は決したと言っていいだろう。たとえまだ船としては浮かんでいたとしても。

空母は火災も消火できぬまま、それ以前にどこに誰を派遣するべきか、そもそも何が起きているのかさえ誰も把握できないまま、浸水により傾斜が酷《ひど》くなり、そして一気に転覆してしまった。

この間に投弾を終えた銀河陸攻は反転し、戦場を離脱する。三機は密集し、可能な限り防御火器の密度を上げようとしていた。

だから高度は低空を維持している。低空なら下からの攻撃は考えなくてすむ。そして上からの攻撃であれば、二〇ミリ機銃がものを言う。

さらに自分たちを攻撃しようとＦ６Ｆ戦闘機隊が高度を下げれば下げるほど、三式戦闘機に対して、彼らは優位を失うことになる。

それが日本海軍航空隊がＦ６Ｆ戦闘機に向かう場合の基本的な戦術方針だった。彼らとは高高度では戦わない。

三機の銀河陸攻は必死だった。敵空母を屠《ほふ》ったとはいえ、それではまだ任務の半分でしかない。

基地に生還してこそ、はじめて任務を達成したことになる。なぜならマキン・タラワ防衛戦は、いまはじまったばかりだからだ。航空基地を建設し、縦深を深くしたとはいえ、基地自体は決して大きなものではない。

最前線にすぐに投入できる戦力には限りがある。後方からの増援はなされるわけだが、それまで自分たちが二度三度と敵を攻撃し続けなければならない。

生還は防衛線維持のための前提条件なのである。その意味では後方からの増員なるものも、その実態は損失分の補充に過ぎない。

基地の面積自体に物理的に限界がある以上、駐屯できる陸攻や戦闘機の数にも限度がある。その条件を補うためには反復攻撃が必要だ。

それがわかっているからこそ、彼らは生還に必死だった。

すでに予想以上の友軍機が敵艦隊の対空火器に斃《たお》れている。それだけに生還機の一機一機が、いままで以上に重要性を増しているのだ。

そうした陸攻隊に攻撃を仕掛けてきたＦ６Ｆがいた。増援の戦闘機隊に所属する機体である。

じつは三機の銀河陸攻は低空を飛行していたために、この距離ではレーダーに捕捉されていなかった。

つまりレーダー上に存在しておらず、存在していない相手に何をしても命令違反にはならない。

パイロットはレーダーのことはわからなかったが、司令部から何も言ってこないことから、眼下の陸攻を司令部は察知していないと判断した。だから攻撃した。

すでに密集陣形での銀河陸攻を攻撃する愚を知っているパイロットなら、そんな真似はしなかっただろう。

しかし、増援隊の彼は知らない。上空後方から舐《な》めるように陸攻隊に迫る。だがＦ６Ｆの機銃より三〇ミリ機銃の砲が射程が長く、威力も大きい。

しかも攻撃をかけるため、Ｆ６Ｆは真っ直ぐに接近していた。それは互いに照準がつけやすい。

Ｆ６Ｆ戦闘機のパイロットにとって、自分が攻撃を仕掛ける前に三丁の三〇ミリ機銃が自分に向かって放たれるとは思ってもみなかった。

Ｆ６Ｆの機銃の射程外からの銃撃により、戦闘機は翼端を吹き飛ばされ、バランスを崩して墜落する。

そして、彼らを追撃しようとするF6F戦闘機はほかになかった。

陸攻隊が攻撃しようとした四隻の空母のうち、最初に狙われたのは、軽空母のベローウッドと僚艦のバターンであった。

それは、二隻の防空巡洋艦が旗艦である空母ホーネット（二代目）などを主として守っていたことと、固有火器が相対的に薄いためであった。

その意味で、二隻の軽空母は残り二隻のエセックス級空母の攻撃を吸収したとも言えよう。

バターンを攻撃しようとした銀河陸攻も三機編隊だった。先に水平爆撃隊が攻撃を仕掛けて失敗したため、軽空母バターンの視線は上を向いていた。

ただこの時の三機は、ベローウッドを攻撃した三機とは状況が違っていた。有能な駆逐艦の艦長が、積極的に彼らに対して砲撃を加えていたのである。

陸攻隊はこの駆逐艦一隻のために接近を大幅に阻まれる。陸攻隊は決断を迫られる。撃墜されかねないが着実に理想的な射点から投弾するか、それとも三機のどれかが命中させるという確率に期待するか？

指揮官は後者を選択した。理想的な射点ではないが、銀河陸攻三機は先ほども述べたように生還しなければならない。指揮官はそれを加味して判断する。

こうして反跳徹甲爆弾は、不本意な位置と角度で投下された。じっさいこの爆弾がこれまで多用されなかったのは、秘密兵器ということもあったが、運用が航空魚雷よりも難しいという事実があった。

魚雷より安価で、水平爆弾より命中精度が高いなら、すべてこの爆弾にすればいいのにそうしないのも、この運用の難しさにあった。熟練者でなければ扱えないため、装備している陸攻が少ないのだ。

この時も爆弾は海面を跳躍したが、錨頭はかなり悪かった。ただ命中界が大きいのは同じである。

そのため、彼らの前進を阻んでいた駆逐艦に二発が命中。当たりどころが悪かったのか、駆逐艦はほどなく、二つに折れて沈没してしまった。

ただ大多数の爆弾は無駄に跳躍して海中に沈む。

軽空母バターンに命中したのは、たった一発であった。

しかし、これは爆弾設計者も予想しない爆発の仕方をした。空母手前で沈んでしまい、そのまましばらく水中弾として直進し、空母の喫水下で爆発した。

しかも空母の真下、竜骨《キール》の下だ。爆弾の威力は水圧により閉じ込められ、それは空母の竜骨を下から砕いた。

軽空母バターンはほぼ轟沈状態で、海中に没することになる。乗員で僚艦に救助されたものは、一〇人にも満たなかった。

陸攻隊の攻撃により、米空母は四隻中二隻が沈められた。日本海軍攻撃隊はこの勢いで、残り二隻のエセックス級空母を撃破しようとする。

しかし、事はそれほど簡単ではなかった。輪形陣の艦艇は数をほとんど減らしていないため、それらは残り二隻の空母護衛に専念する。

そのため、二隻に対する防御火器の密度は倍加していた。特にそれぞれの空母にアトランタ級防空巡洋艦が張り付くことで、銀河陸攻の接近はますます難しくなった。

空母二隻撃沈の余勢をかって接近した銀河陸攻の水平爆撃隊は、VT信管と防空巡洋艦のために空母手前で三機が撃墜される結果となる。

陸攻隊は攻めあぐねていた。すでに隊長機が撃墜され、次席指揮官が陸攻隊の指揮を執っていた。

彼は指揮権を継承すると、まず陸攻隊の再編を行った。投弾を終え、敵空母を撃破した六機はすでに帰還している。一〇機はF6F戦闘機か対空火器で撃墜されていた。

残り一四機のうち四機は戦える状態にはなく、攻撃可能なのは一〇機。七機が雷装し、三機が爆装していた。

指揮官はこの時点で空母攻撃は諦めていた。厳重な防御陣を、この戦力で突破するのは無理だ。残念ではあるが、これは現実である。

しかし、彼も任務を諦めたわけではなかった。この空母部隊には、まだ第二波、第三波の攻撃がなされるだろう。山口司令長官が何を考えているかわからないが、第七艦隊には空母もある。

だとすれば、いまここでなすべき戦闘は、無闇に犠牲を作るようなものであってはならない。第二波、第三波を支援する形であるべきだ。

「全機、敵巡洋艦に攻撃を集中すべし！」

結論はそれだった。空母を叩く前に、まずあの巡洋艦を叩かねばならない。二隻は無理でも一隻なら撃破できるはずだ。彼はこう考えた。

そして彼は、水平爆撃隊に対しても反跳爆撃を命じた。それらは通常の爆弾で、反跳爆撃用の専用爆弾ではない。

しかし、強力な対空火器の中を三機ばかりの陸攻が水平爆撃を行ったところで、結果はまず期待できない。期待できないどころか、撃墜される可能性のほうが高い。

ならば生存確率の高いほうを選ぶべきだろう。撃墜されなければ命中確率も上がる。

雷撃隊はともかく、反跳爆撃を命じられた銀河陸攻の乗員たちは、その命令に面食らった。自分たちの水平爆撃を否定されたと、反感を覚えたものもいた。

だが、命令に逆らうものはいなかった。現状ではそれが妥当だと水平爆撃隊の将兵もわかっていたからだ。

じつは、雷撃隊はおおむね固有のチームで攻撃をかけられるのに対して、水平爆撃を行う三機は、いずれも僚機が撃墜されるか無力化され、チームを失った残存機であった。

だから互いに僚機の乗員のことは、固有チームの面子《メンツ》ほどはわかっていない。それはいまのこの厳しい状況では不安を覚える要素であった。

こうして一〇機の銀河陸攻は、防空巡洋艦ジュノーに殺到した。

陸攻隊指揮官によるジュノー攻撃の判断は、結果から見れば適切と言えた。

ジュノーの艦長からは、日本軍の指揮官は残存機を集結し、自分たちではなく、自分たちが守る空母ヨークタウン（二代目）に攻撃を集中しようとしているように見えた。

レーダー画面で確認している限り、敵の標的はヨークタウンであり、ＣＩＣは見たままを報告する。艦長にとっても、敵がそうした一点集中を行うのは合理的判断に思えた。

そして、防空巡洋艦ジュノーが空母ヨークタウンの前面に立ちはだかっている以上、敵が自分たちに接近しても不思議はない。

防空巡洋艦が脅威であるなら、それを狙おうと空母を狙おうと変わりはないように見える。

しかし、じつは大きな違いがある。空母を狙うのであれば、周辺の艦艇の対空火器が動員される。

ところが防空巡洋艦を狙うとなると、ほかの艦艇の対空火器の支援は得られない。全員が、空母が狙われていると信じているためだ。

防空巡洋艦ジュノーはいずれにせよ、激しい対空砲火を陸攻隊に向ける。ほかの艦艇は位置関係の悪さから、対空火器は不自然に止まっていた。

「まさか連中……」

一部の将兵が沈黙した対空火器に疑念を抱いた時、陸攻隊の攻撃がはじまった。じつはこの時点で一〇機の銀河陸攻のうち、三機が脱落していた。脱落機はいずれも雷撃機で、中途半端な高度を飛行する水平爆撃隊は後回しにされていた。

一応、陸攻の乗員は全員が反跳爆弾の訓練は受けている。ただ反跳専門になるかどうかは、適性で判断されている。

三機の陸攻は、そのままできる限りの技量で反跳爆撃を行った。この時、水平爆撃隊は五〇〇キロ徹甲爆弾を搭載していた。一発で敵空母の無力化を期待してだ。

一機の銀河陸攻に搭載されているのは二発。三機で六発の爆弾が海面を跳躍した。それらは爆弾の形状や投下角度の問題もあり、ほとんどが外れてしまう。

しかし、一発は防空巡洋艦ジュノーに命中した。舷側を突き破り、艦内で五〇〇キロ爆弾が爆発する。

それだけであれば、防空巡洋艦は中破もしくは大破で終わっていただろう。だがこの爆弾により、巡洋艦の電気系統が一部麻痺状態に陥った。

そうした混乱に乗ずる形で航空魚雷が投下される。すべての雷撃が適切な方位や位置でなされたわけではなかった。

それでも二発の航空魚雷が、防空巡洋艦に命中する。ただ、雷撃した銀河陸攻も一機撃墜されている。それが防空巡洋艦が撃墜した最後の日本軍機であった。

後に問題となるのは、アトランタ級防空巡洋艦が、いささかトップヘビーであることだった。

このことは、いままでそれほど問題となることはなかった。だが爆撃と雷撃を受けたいま、それは大きな問題となる。

防空巡洋艦ジュノーは浸水した。だから重心が下がるように思われたが、浸水が片舷であったために艦は傾斜し、トップヘビーであることが、艦の傾斜傾向に拍車をかける。

防空巡洋艦は驚くほどあっけなく転覆してしま

った。転覆してしまったが、防空巡洋艦ジュノーはすぐには沈没しなかった。

沈没せずに艦底をさらしていた。しかし、艦内には生存者がまだ何百人もいる。周囲の駆逐艦などは、そのための救難活動に専念しなければならなかった。

ここに第二波の攻撃隊が殺到していれば、それはチャンスになっただろう。しかし、そう都合よくはいかなかった。

第一次攻撃隊の銀河陸攻にしても、すでに爆撃や雷撃を終え、攻撃能力はない。そもそもその頭上に銀河の姿はなかった。

そこで行われていたのは、F6Fと三式戦闘機の戦闘だったが、それも空母の沈没や陸攻の帰還により、自然消滅していた。

空母部隊は、ここでひと息つく時間を持つことができた。彼らはそう思っていた。

3

昭和一九年六月一〇日現地時間一〇〇〇、伊号第二〇三潜水艦。

岸場潜水艦長は、何度となく米空母への接近を試みたものの、容易には接近を果たせないでいた。

米海軍の輪形陣は重厚であった。気取られないように接近を試みるも、すぐに駆逐艦部隊が警戒する素振りを見せた。

彼らは一隻の駆逐艦では動かない。複数の駆逐艦が連携し、一隻の潜水艦を狩る。

だから接近して来た駆逐艦だけに気を取られるのは危険であった。音なしの構えでいる駆逐艦こそが潜水艦を捕捉し、僚艦を指揮しているようなことは珍しくない。

だからこそ岸場潜水艦長は、臆病なほど慎重に動く。根拠はある。潜水学校で同期だった仲間たちは、戦果もあげたが犠牲も少なくない。

そして潜水学校でも繊細さに欠ける者が消え、臆病な奴がいまも戦っている。ほかの艦種はいざ知らず、こと潜水艦に関しては、臆病な指揮官は恥ではなく、むしろ誇るべき資質だと彼は思っていた。

なぜなら、蛮勇で指揮官一人が死ぬなら自業自得だが、指揮官の采配が誤りであった時、潜水艦の乗員はほぼ間違いなく全員が戦死することになるからだ。

そこがほかの艦艇と異なり、潜水艦が慎重にならざるを得ない部分だ。潜航中はもとより、浮上中でも予備浮力が低い潜水艦では、攻撃された場合の抗堪性は低い。

潜水艦の防御とは基本的に発見されないこと、それしかないのだ。発見された時点で、潜水艦はその防御力の多くを失う。

それでも岸場潜水艦長は、空母部隊への攻撃を諦めることはなかった。相手が大物ということも、もちろんある。

しかしそれ以上に、これだけの戦力がマキン・タラワに殺到した場合の友軍への圧力を考えるなら、ここはなんとしてでも敵空母を仕留めねばならない。

「夜襲を待ちますか、潜艦長？」

「いや、駄目だ」

岸場潜水艦長は強く言う。

「夜襲を待っていては、敵の攻撃がはじまってしまう。攻撃をかけるならば、敵が打って出る前だ。それでなければ意味がない」

「それはそうですが……危険では」

先任が言うこともよくわかるし、このことで彼を臆病とは思わない。合理的に考え、現状を正しく認識すれば、夜襲以外の選択肢が危険であるのは当然の結論だ。

「早々に攻撃の機会は訪れるはずだ」

「攻撃の機会がですか」

「第七艦隊も馬鹿ではない。敵艦隊の存在を知ったからには、先制攻撃に出るはずだ。

空母艦載機よりも陸攻のほうが足が長い。陸攻隊が攻撃をかけて来た時、敵艦隊も潜水艦どころではなくなるはずだ」

「敵が浮き足だったところを！」

「そういうことだ」

岸場潜水艦長は、発見の第一報と現在位置とマキン・タラワまでの距離、そして戦爆連合の速度などを計算し、攻撃可能な時間を予測していた。

そして、ほぼ予想した時間に聴音員が報告する。

対空砲火が激しくなる音が聞こえたと。

こうして伊号第二〇三潜水艦は、空母部隊への接近を試みる。しかしそれは、思ったほど容易な作業ではなかった。

空母部隊の輪形陣は航空隊の攻撃にあって多少の位置関係は変更しても、ほぼその配置は維持されていた。

つまり輪形陣は輪形陣のままであり、突破するための隙がない。航空戦は激烈のように思われた。駆逐艦も小刻みに位置を変えている。

しかし、航空戦に集中しているとしても、対潜戦闘で無防備を意味するわけではない。そもそも爆雷などの人員の配置は対空火器とは別の編制だ。

状況が変化したのは、空母が二隻撃沈された時だった。潜望鏡など迂闊《うかつ》に出せる状況ではなかったが、大音響と艦艇が沈没する音は、伊号第二〇三潜水艦からも容易に確認できた。

チャンスと言えば、その時は確かにチャンスであったかもしれない。二隻の空母の撃沈によって輪形陣に動きがあり、短時間ながら大きな穴が開いた。

しかし、位置関係が悪い。伊号第二〇三潜水艦は敵部隊の針路上に位置し、沈没した空母は輪形陣の後方であった。

ただ戦闘の推移によっては輪形陣を突破できることだけは、岸場潜水艦長にも確信がもてた。

潜水艦を移動させることはなかった。残った二隻が現状に近い位置にいたためだ。むしろ輪形陣のほうが激しく動いた。陣形を整理しているのだろう。

だとすると、なおさらいまは動けない。主導権のないまま、状況の変化に身を委ねるのはつらい。

そのつらさを克服しなければ、勝利は得られない。忍耐の必要性を彼は感じていた。先に逝ってしまった仲間のことを思いながら。

忍耐が報われたのは大音響とともにだった。対空火器の音が急に小さくなり、さらに魚雷が命中したような音が響く。

岸場潜水艦長は覚悟を決めて潜望鏡で周囲を観察する。

「敵巡洋艦、撃沈！」

彼は潜望鏡を下げると、その敵艦に向かって接近する。轟沈はしていない巡洋艦のため、激しい雑音源となっている。その雑音が自分たちの活動を敵駆逐艦から隠してくれるだろう。

そうはうまくいかず、敵駆逐艦はあるいは自分たちに気がつくかもしれない。だが、攻撃はできない。

多数の乗員が海面を漂い、救助を待っているただなかに爆雷は投下できない。敵はこちらに気がつこうが気がつくまいが、ともかくあの巡洋艦の周辺では、いま攻撃はできないのだ。

それでも伊号第二〇三潜水艦は慎重のうちにも慎重に巡洋艦に近づき、そのかたわらを通過する。

水中音響から判断する限りは、敵駆逐艦は彼らに気がついていないようだった。

じつは最初の軽空母が跳躍投弾により撃沈された時、周囲の駆逐艦は雷撃を疑い、執拗《しつよう》に潜水艦を探していた。

捜索は短時間であったが、彼らは撃沈は航空隊によるもので、潜水艦によるものではないと結論していた。

だから輪形陣の側は、潜水艦はいないと信じていた。それは、正確には「内にいない」であって、「外にもいない」ことを証明してはいないのだが、彼らは「内にいない」から「外にもいない」と誤認してしまった。

輪形陣の内側に飛び込んでみたものの、伊号第二〇三潜水艦は楽勝とはいかなかった。

状況から撃沈できる艦は一隻だろう。敵の内側に入り込んでいる以上、二度目の攻撃はない。攻撃と同時に脱出を考えねばならないだろう。

もっとも岸場潜水艦長は、自分たちの撃沈が一隻でも構わないと思っている。

常識的にも一隻で十分だ。世界の海軍でも、この状況で二隻連続で大型軍艦を攻撃し、成功した奴はいない。

それに敵艦隊は、すでに四隻の空母のうちの二隻を失っている。ここでさらに一隻を失えば、敵艦隊は撤退する可能性が高い。

なにしろ現時点で彼らは防戦一方で、こちらに攻撃をかけていない。無傷の航空基地に空母一隻で突入するのは無謀すぎる。

もちろん、空母部隊とは別に戦艦を伴った上陸部隊もいるらしい。それもまた強力な部隊であるが、制空権を確保できないなかでは、戦艦といえども無力である。

上陸部隊の火力支援を戦艦が行うとしても、制空権確保が前提条件だ。だから空母が一隻となった時点で――いや、本来なら戦力半減の現時点でも――敵は全面撤退に至るはず。

岸場潜水艦長は、そうした計算をすばやく頭の中ですませた。

失敗は許されないから、最適の射点を確保できる空母を狙う。それは空母ヨークタウンだった。かつて日本海軍に沈められた空母の名前を踏襲した二代目だ。

艦首の四門の魚雷発射管に魚雷が装填される。

近くで巡洋艦が沈みつつあるためか、注水音には誰も気がついていないようだ。

　水中聴音だけでも雷撃は可能だが、この状況では判断が難しい。安全をとるか、それとも確実性をとるか。

　岸場潜水艦長は後者を選択した。可能な限り水中音響で接近し、最終段階で潜望鏡を使う。

　そしてついに、彼は司令塔より潜望鏡を上げる。攻撃用潜望鏡は視野が狭いが細く発見されにくい。潜望鏡が海面上に出ていたのは三秒もないだろう。しかし、それで十分だった。

　方位、的針、距離、それらは水中聴音より割り出してきた予想値とおおむね合致していた。射撃盤への修正は最少である。

「放て！」

　タイミングをはかって四本の魚雷が放たれ、水雷科の時計員が時間を計測する。予定時間に雷撃が成功したかどうかを判断するためだ。

　その間に伊号第二〇三潜水艦は急速潜航を行い、空母ヨークタウンから離れようとする。先ほどの転覆した巡洋艦を目指して。

　あの雑音源の近くなら捕捉されにくいだろうし、救難活動のために爆雷攻撃もできないはずだ。

　巡洋艦が輪形陣の要《かなめ》であったから、それを抜ければ、敵駆逐艦も潜水艦の追跡はかなり困難となるだろう。

　命中までは三〇秒と踏んでいた。三〇秒前後で爆発音が聞こえたら、雷撃は成功だ。

　緊張する三〇秒ではあるが、すでに潜水艦は動いている。成功でも失敗でも、雷撃すれば敵はこちらの存在を知るからだ。

　伊号第二〇三潜水艦は深度一〇〇メートルまで潜り、さらに最大速力で前進していた。過去の経験から、生還した潜水艦長は皆、水中で機動戦を行っていたことが明らかになっているためだ。

　逆に撃沈された潜水艦は、僚艦の報告や状況証拠から、水中でほとんど動かずにいたことが分析されていた。

　岸場潜水艦長の行動は、そうした経験を踏まえてのものだった。潜航途中で三〇秒が経過し、ほどなく爆発音が二つ響く。

　すぐに浮上して戦果確認をしたかったが、それよりも脱出を彼は優先する。空母が沈むかどうかくらいは、安全なところまで下がってからでもわかる。

　万が一、沈まなかったとしても、艦載機の発艦は無理だろう。それなら防衛戦の局面では沈めたに等しい。

　潜望鏡での確認はできなかったものの、空母ヨークタウンが何らかの損傷を負ったらしいことは水中聴音から推測できた。とは言え、沈没に結びつくようなものでもないらしい。機関部は正常に動いている。

　エセックス級は抗堪性の高い空母で、水面下の防御、つまり対魚雷についても、浸水箇所が限局化されるように設計されていた。

　なので通常であれば、魚雷二本で深刻な損傷を負うことはないはずだった。しかし、エセックス級空母といえども作ったのは人間であり、予想外の問題は起こり得る。

空母ヨークタウンの不幸は、小さな偶然が連鎖的に事態を悪化させたことだった。最初の不幸は、二発の魚雷が空母の運動の影響もあり、ほぼ同時に隣接する場所に命中したことだった。

魚雷一本ならもちこたえられただろうが、命中箇所の至近に、もう一本が命中した。

設計する側も、こうした偶然までは考えていない。そこまで考えていたら、軍艦は際限なく巨大化してしまうだろう。

じっさいこうした偶然が起きたのは、後にも先にも空母ヨークタウンだけである。

ともかくこの隣接する雷撃により、空母ヨークタウンは予想外の破口を生じてしまった。これによる大量浸水は、確かに空母ヨークタウンの乗員たちを慌てさせた。

しかし予想外とは言え、浸水を止める作業であり、それは彼らのダメージコントロールとしては手慣れたものであった。

これで火災でも生じていれば次の展開も違っただろうが、火災さえ起こらず、隔壁閉鎖と注水により艦の水平は戻るものと思われた。

空母ヨークタウンのダメージコントロール要員は、局所に二本の魚雷が命中したこと、つまり衝撃波が集中したことの意味をあまり重視しなかった。

衝撃波は空母の重厚な装甲板を伝わり、そしてそれは航空機用燃料タンクの細管を破断させていた。破断と言っても給油系が全面的に止まるようなものではなく、あくまでも一部におけるトラブルだった。

これが全面的にポンプが故障していたら、乗員たちも異変に気がつき、対応策を考えただろう。

しかし、誰も給油系のトラブルには気がつかず、航空機用燃料は漏れ続け、気化し、格納庫内に染みるように広がっていった。

さすがにこの時点で、格納庫内の将兵も異変に気がついた。戦闘に備えて密閉されていた格納庫は、すぐに燃料の臭いにより扉が開放された。

何かあったら、消火に使った海水や炎上した航空機などを捨てられるよう開放式にしてあるエセックス級だ。

それを指示した班長も、航空機から燃料が漏れた程度にしか思っていない。彼にしてみれば、臭いが不快だから換気のために格納庫を開放したようなもの。

だが、それは致命的な間違いだった。気化した燃料と開放された格納庫に流入した酸素の比率が一線を越えた時、それは気化爆弾のごとき爆発となる。

じっさいに何が引火したのかはわからない。格納庫には引火しかねないものは無数にある。

問題は火花よりも爆発であった。格納庫の扉はすべて吹き飛んだが、それはほかの可燃物の延焼を伴った。

空母ヨークタウンは先代がそうであったように、一瞬にして全体が火災に覆われた。

艦底の浸水に向けていたダメージコントロール要員は、頭上で生じた大火災にすぐには対処できなかった。

それだけでなく、艦内の乗員たちは格納庫の炎上により、上に出ることができなくなっていた。

岸場潜水艦長は時間をかけて、安全な領域まで逃げ延びた。彼は潜望鏡で、空母ヨークタウンが悠々と航行していることに最初、どうしようもない無力感を覚えた。

だが、まさにそんな彼の目の前で空母が爆発した。それは被雷したとか、そういうものではなく「空母が爆発した」としか形容しようのないものであった。

見とれている余裕などないため、彼はすぐに潜望鏡を下げたが、格納庫の扉を火炎が吹き飛ばす光景は、しっかりと網膜に焼き付いていた。

「空母が沈むぞ」

岸場潜水艦長は部下たちに言う。「沈んだぞ」ではなく、未来形として「沈むぞ」としか言えないことには忸怩《じくじ》たるものがある。

沈む原因の一端が雷撃の成功にあることは間違いないが、雷撃で沈んだというのには抵抗がある状況だ。

しかし、撃破したのは間違いない。この状況で敵空母は一隻になった。敵艦隊は撤退するよりあるまい。

「いや、撤退もできないか」

岸場潜水艦長は見る。潜望鏡から見える空はわずかだ。しかし、そのわずかの空の中には銀河陸攻が飛んでいる。

陸攻の第二次攻撃隊が現れたのだ。これで残る一隻も撃沈されるだろう。敵空母部隊は全滅だ。

そこで、岸場潜水艦長はある疑問を覚えた。

「我が空母部隊は何をしている？」

6章

昭和一九年六月、戦艦戦

1

昭和一九年六月一〇日現地時間一六三〇、零式水上偵察機。

戦艦陸奥搭載の零式水上偵察機の乗員たちは、それが命令であり、必要であることを十分承知しながらも、やはり「死」というものを意識しないではいられなかった。

彼らが向かっているのは敵上陸部隊。空母こそ伴われていないものの、戦艦二隻を有する堂々の大艦隊だ。

その艦艇への偵察飛行。迎撃戦闘機はないとしても、軍艦の対空火器は強力だ。じじつ飛行長は、出撃前の彼らに対して告げていた。

「陸攻隊の報告によれば、敵艦隊は新型の対空兵器を装備している可能性がある。多数の陸攻が犠牲になったとのことだ。敵戦艦にもそうした火器が搭載されていると考えていい。偵察にあたっては細心の注意で臨んでくれ」

そんな情報は聞きたくなかったが、飛行長の立場としては知らせないわけにはいかなかったのだろう。

それは機長にも理解できたし、耳にしたくないている。

情報ではあったが、知っていてよかったとは思っ
　なにより昔と比べて、海軍でも情報の流れがよくなった。陸攻隊が数時間前に得た知見が、こうして戦艦の偵察機に伝達されるのだから。一、二年前の海軍では考えられなかったことだ。

　この情報伝達の迅速さと確実性の向上が、連合軍の侵攻阻止に大きく寄与してきたことは間違いない。

　とは言え、それで連合軍が侵攻を諦めるはずもなく、本格攻勢に出てきたわけだが。

「機長、本当にいるんでしょうか」

「わからん、撤退した可能性もあるが、その徴候がない。それを確認するのが我々だ」

　機長はそう口にするも、おそらく上陸部隊は侵攻を続けていると考えていた。

　連合軍の侵攻部隊は、空母機動部隊と上陸船団の二つの部隊からできていることが、若宮や潜水艦の報告から明らかになっていた。

　そして、陸攻隊は敵空母部隊がマキン・タラワを攻撃する前に先制攻撃をかけた。彼らが第七艦隊の航空基地を攻撃してからでは遅いのだ。

　幸いにも空母艦載機よりも、銀河陸攻のほうが航続力は長い。敵により近いマキン島から護衛戦闘機を出撃させれば、三戦のほうがF6F戦闘機より足が長いこともあり、アウトレンジ攻撃も可能であった。

　実際には日本軍が攻撃できて、米空母が攻撃できない領域は比較的狭い。日米双方ともに戦闘機

の航続距離が、互いの攻撃のタイミングを左右していた。

連合軍が徹底した無線封鎖を行ったのも、彼らから見てこうした「危険領域」が存在したからにほかならない。

この「危険領域」を抜け、自分たちが日本軍に攻撃を加えられるようになるまで、彼らは発見されるわけにはいかなかったのだ。

しかし連合軍は発見され、彼らはその「危険領域」で日本軍と戦闘を行う結果となった。

米艦隊のVT信管や防空巡洋艦という新兵器により、銀河陸攻隊は予想以上の大損害を被ることとなった。

それでも二波にわたる陸攻隊の攻撃と伊号潜水艦の働きにより、四隻の空母と一隻の防空巡洋艦を沈めることに成功した。

空母部隊は壊滅し、残存艦艇は撤退した。これが午前のことであった。

本来であれば、銀河陸攻隊は上陸部隊へも集中して攻撃をかけられたはずだった。しかし、空母部隊を壊滅させたとは言え、マキン・タラワの航空基地にとって、その代償は大きすぎた。

陸攻の半数以上が撃墜されるか大破して使用不能である。修理できるものは大至急修理し、ほかは最寄りの航空基地からの応援を請うよりない。

マキン島・タラワ島といっても、実際は複数の島からできている。航空基地は可能な限り建設しているが、島の絶対的な面積が狭い以上、駐機できる数には限界がある。

だから大規模な戦闘で予想外の損失を被ると、

その戦力を補うのにはしかるべき時間が必要だった。

陸攻隊には諦めムードもなくはなく、残存機で出撃せよという勇ましい意見もあった。

「空母部隊が壊滅、撤退した以上、上陸部隊の撤退も不可避である。敵が攻撃圏外に出る前に、こちらから打って出るべし！」

だが、搭乗員の疲労や基地の人間の疲労を考えると、それもまた難しい話であった。通常とは異なり、激戦を戦った陸攻や三戦ばかりで、整備にもかなりの時間が必要とされた。

再出撃可能な機体にしても、破片による孔がいくつもあいている状態では、燃料と爆弾を積んで再出撃とはいかない。

それに第一〇航空戦隊の空母もあり、船団はそちらが攻撃するだろうとも言われていた。というより、ほかに戦力はない。

状況に疑問が抱かれたのは、敵信班の報告からだった。

「上陸部隊は依然として前進している可能性があります」

その報告は艦隊司令部をひどく困惑させた。連合軍が戦果を焦《あせ》っているとしても、制空権が確保できないなかで、どうして敵前上陸を行おうというのか？

確かにサウスダコタ級戦艦の存在は無視できない。しかし、攻撃先には航空基地があるではないか？

「こちらの航空隊の疲弊を知って、あえて攻勢に出ようというのでしょうか」

「かもしれんな」

山口司令長官にも正直なところ、敵の意図が理解できなかった。ただこちらの航空隊を疲弊させたからとの説は――空母部隊が全滅するとは思わなかっただろうが――確かに説得力があった。

現実に自分たちは、陸攻隊で敵を攻撃できる状況にはない。第一〇航空戦隊の雲龍と天城があるものの、山口司令長官としては、それはどちらかといえば予備戦力のつもりであった。

つまりマキン・タラワ防衛について、陸上基地隊主・空母部隊従という戦力配置だ。

基地航空隊は位置がわかっているから攻撃を受けやすい。空母部隊はそうではない。しかし、打撃力では基地航空隊が勝る。そうしたことを勘案して、第一〇航空戦隊は予備としていた。

ただ山口司令長官は、敵が第一〇航空戦隊の存在を知らないにせよ、知っているにせよ、自分たちの弱点を冷静に分析していたのではないかという思いが強くなっていた。

マキン・タラワの面積はわかっている。そこから航空基地としての規模や抗堪性も割り出せる。

連合軍のことであるから、奇襲が失敗した場合の作戦案もあったはず。それを鑑みれば、制空権は確保できなくとも、航空打撃力を一定水準以下にできたなら、上陸作戦は続行という計画ではなかったか。

とは言え、山口司令長官は自分の考えに確信が持てないでいた。

なるほど、敵の偵察を阻止して艦隊の戦力を秘匿してきた。だが、通信傍受でこちらが敵の動静を把握しているように、敵も同様にこちらの戦力を把握している可能性がある。

敵はこちらの戦力を把握しているのか、していないのか？　その結果により、敵の動きの解釈も異なる。

もちろん合理的な解釈は、敵は第一〇航空戦隊の存在など知らない、だ。知っていて航空戦力なしで前進するなど自殺行為だ。それとも自分は何か大きな過《あやま》ちをしているのか？

「水偵を出してくれ。本当に敵が接近しているのかいないのか、それを事実として確認せねばならぬ」

こうして戦艦陸奥から零式水上偵察機が放たれる。敵の存在を確認するために。

「敵が接近してるって、どうしてわかったんですか？　偵察機は我々が最初ですよね」

「あれだ。陸奥の敵信班が、戦艦の電探の電波を捉えたって話らしい」

「あぁ、じゃぁ、誰も見てはいないんだ」

「見てはいないって、そりゃ見てないさ。だから我々が飛ぶんだろ」

「いえ、そうじゃなくて、電探の電波しか捕捉していないなら、上陸部隊がそこにいる保証はありませんよね」

「なんだと！　つまり戦艦だけが単独行動して、上陸部隊は別行動だってのか」

「いや、別行動かどうかわかりませんけど、仮に別行動を取られても、電探だけじゃわかりませんよね」

「わからんな……」

とは言え、機長も部下の仮説を放置はできない。司令部はそこまでわかったうえで自分たちを出しているかもしれないが、敵戦艦の動きが陽動の可能性を見落としているかもしれない。

ただ、司令部に対して「見落としてませんか」などという通信は送れない。なので、「戦艦が陽動の可能性も込みで偵察するがいいか」と、偵察範囲の確認を装った通信を行った。

面倒なようだが、これでも一、二年前よりは各方面への通信はずいぶんと自由になった。おかげで組織間の無駄な伝達が整理され、組織の機動力が向上した。

もちろん、それに伴う軋轢《あつれき》はあった。組織の意思決定が迅速になったことで、それぞれのレベルでの下級・中級・上級指揮官の「権限」と「責任」も明確になったからだ。

海軍という巨大な官僚機構にいる、「権限は握るが責任はとりたくない」というような人物が、そうした指揮系統から順次排除されてきたゆえだ。

権限はあるが排除される対象者が、自分の権限でそうした動きを阻止しようと動くのは――それが戦時下であっても――必ずしも不思議ではない。

しかし、平時であればいざ知らず、戦争という過酷な現実の前では、「責任を取り、権限を行使し、結果を出す」人間の発言力が強くなる。

こうして「権限を持つが責任を取らない、成果をあげない人間」は排除されていった。日本がともかくも絶対国防圏を維持できている最大の理由は、まさにこの日本海軍組織の意識改革にあったのだ。

戦艦陸奥から特に返信はなかったが、敵艦が近いかもしれないなかで、電波送信がなくても不思議はない。

機長もそれは理解していた。

「そろそろ何か見えてきてもいい頃合いですね」

「敵が前進していればな」

そして、ほどなく彼らは二隻の戦艦を発見する。

上陸部隊の姿はなかった。

2

昭和一九年六月一〇日現地時間一七三〇、戦艦陸奥。

「上陸部隊を分離とは、敵は何を考えているのでしょうか」

戦艦陸奥の作戦室では、幕僚らが首をひねっていた。

日本軍の攻撃を戦艦に誘導し、それが攻撃を吸収することで上陸部隊を守る。それは、一見すると理にかなっているように見えなくもない。しかし、司令部の人間たちには理解しがたい行動に思えた。

攻撃を戦艦部隊に集中させたとしても、上陸部隊の目的地がマキン・タラワである以上、それは時間稼ぎに過ぎない。

確かにマキン島とタラワ島は二〇〇キロ以上離れており、船団がとり得る選択肢は、マキン島かタラワ島、あるいはその両方の三つある。それでも守る側とすれば十分、それに対応できる。

「上陸部隊が安全に撤退するために、戦艦部隊が時間稼ぎをしているのでしょうか」

可能性の中では、もっともそれが合理的だと山口司令長官も思う。だが、撤退ならほかにもっとうまいやりようもあるだろう。

「参謀長はどう思う？」

山口司令長官は、岸本参謀長に意見を促した。彼は沈黙している時こそ、頭がフル回転しているのだ。

「ともかく敵が上陸を諦めていないとする。なのに護衛戦力の戦艦を切り離した。

船団の対空・対潜護衛を考えるなら、戦艦よりも駆逐艦・巡洋艦のほうが頼りになる。例の新型巡洋艦のような存在もありますしね。

そうしたことを考えるなら、上陸船団は、敵空母部隊の残存戦力との合流を目指すでしょう」

岸本参謀長の意見に、その場に緊張した空気が走った。その可能性に思い至った人間はいなかったが、十分あり得るし、船団の護衛を強化するとなれば最善とも言える。

「ですが、参謀長。結局、そうしたところで時間稼ぎにしかならないのでは？」

若い幕僚の疑問に参謀長は答える。

「それは、敵軍が我々の戦力をどの程度と判断しているかによる。報告を信じるなら、陸攻隊の損害の大半は、Ｆ６Ｆ戦闘機ではなく、対空火器によるものだ。

敵軍もそれを認識したとなれば、対空火器だけで日本軍航空隊を撃破できると考えるだろう。

戦艦部隊が対空火器で航空隊の戦力を消耗させ、その間に上陸部隊が迂回して前進する。上陸部隊に戦艦がないとしても、多数の巡洋艦・駆逐艦による火力支援で、上陸部隊は作戦を実行できる。そして」

岸本参謀長は、幕僚ら全員に届くように言う。

「ひとたび敵軍の上陸を許してしまえば、我々は航空優位を利用できない。内懐に飛び込まれ、敵味方入り乱れれば、地上攻撃は友軍を巻き添えにしてしまう」

「連合軍は、肉を切らせて骨を断つ作戦で臨むというのか」

「小職は、そう考えております、長官。おそらくこれは既定の作戦ではなかったかもしれません。空母四隻喪失が敵の計画の中に織り込み済みとは思えません。

ただ対空火器の威力が自分たちの予想以上に高かった。この事実から、敵は作戦を変更した可能性があります」

「それでも上陸は諦めないのか」

「諦められない状況に置かれているのかもしれません。久々の大攻勢であるにもかかわらず、連合軍は空母四隻、新型巡洋艦一隻を失ってしまった。

これほどの大損害を出したにもかかわらず、部隊はマキン・タラワに一歩も踏み込まずに撤退してしまった。それは合衆国市民にとって、許されない背信行為に映るのではないでしょうか」

「部隊の全滅は許されても、背信行為は許されないというわけか」

岸本参謀長の話が正しいかどうかはわからない。ただ自分の駐米経験から言って、彼らがそうした倫理的動機で作戦を強行することは、可能性として否定できないと思う。

禁酒という理念を持つだけでなく、それを法制化し、禁酒法を実行してしまった歴史を持つ国だ。犠牲を顧みず上陸を強行するというのはあり得なくはない。

しかも参謀長が言うように、一度上陸を許してしまえば、その後の戦闘は確かに自分たちにとって、非常に難しくなる。

さらに難しいのが、陸攻隊を出すか出さないかの判断だ。午前中の戦いで陸攻隊はまだ十分に回復していない。

さらに戦艦部隊が強力な対空火器を有しているとすれば、無闇に攻撃させるわけにもいかない。第七艦隊の陸攻隊を全滅させる危険性があるからだ。

それにこれから出撃・攻撃となれば、航空隊が出動できるのは一度だけだ。夜間になれば攻撃の継続は難しく、その間、戦艦部隊は比較的安全に前進できる。

敵はこちらの戦力を知らないのではないかという推測とは矛盾するようだが、連合軍はこちらの戦力の限界をすべて知ったうえで攻勢を続けているように見えなくもない。

「ここは、我々が阻止するよりあるまい」

山口司令長官は決心する。

それは、彼自身が驚くほどの無茶な決断であった。戦艦陸奥一隻で、サウスダコタ級戦艦二隻を迎え撃つというのだ。

しかも陸奥には艦隊司令長官が乗っている。陸奥が沈めば艦隊司令長官たる自分も死ぬ。一つ間違えれば、艦隊司令部の指揮機能は麻痺しかねない。

だが、山口司令長官に迷いはない。ある種、こうした状況を望んで、自分は戦艦陸奥に将旗を移したような気さえする。むろん死ぬつもりなどない。

「観測機を出せ!」

この時、戦艦サウスダコタとアラバマには射撃用レーダーが装備されていたが、有効射程には限度があった。

レーダーの性能としてはアラバマに装備されている射撃用レーダーのほうが高性能ではあったが、それも角度分解能と距離分解能の精度向上で、有効射程距離ではなかった。

これには少なからず原理的な問題が関わる。精度を高めるには波長を短くしなければならないが、波長が短ければ直進性が優れるため、地球のような曲面では、電波は水平線を越えて直進してしまう。波長が長ければ、ある程度は水平線の向こうまでも電波は届く。

アメリカ海軍はすでに射撃用レーダーを実用化していたが、日本海軍はこの面では遅れていた。

ただ電探の実用化は積極的に行っており、主砲の射撃管制にも電探は用いられていた。これにはある種の割り切りもある。

レーダー射撃の難しさは角度分解能を出すことだが、日本はこの技術で遅れていた。波長の短い電波の扱いは難しいためだ。

そのためレーダーは測距に用い、方位については従来の光学式の測距儀が用いられていた。測距儀は距離ではなく、方位測定に徹するわけだ。

そして、日米のレーダー射撃に対する考え方はかなり異なっていた。アメリカの開発方針は単純で、測定精度を上げて命中率を上げることにある。

ところが日本海軍は、レーダーによるアウトレンジ砲撃にこだわっていた。これは砲戦に対する考え方の違いと、技術水準が噛み合った部分も大きい。

日本の射撃用レーダーの分解能はメートル単位であったが、水平線の向こうの相手でも測距できた。

もちろん、センチ単位の精度が出せればそれに越したことはないだろう。だが日本海軍の割り切りは、二〇〇メートルはあるような軍艦相手ならメートル単位の精度でも砲弾は命中するというものだった。

つまり、両者は射撃用レーダーと言いながら、かなり異なる設計思想で臨んでいたことになる。

山口司令長官はそれもあって、砲撃を急いでいた。夜間までもつれ込めば夜襲となる。

日本海軍が夜襲を得意としていたのは過去のこと。レーダーの登場が、そうした神話を壊してしまった。

両軍ともレーダーを使うので夜襲の利点はなく、むしろレーダー技術に勝るアメリカが有利。戦艦の数でもあちらが有利なら、夜襲という手はない。光学測距儀が使える昼間の戦闘が相対的に有利となる。

日米ともに「レーダー技術ではアメリカが有

利」という点では、共通の認識を持っていた。問題は、アメリカ側がその点をさほど重視していなかったのに対して、劣勢の日本がその点に神経質になっていたことだ。

それは、海戦における日米のレーダー運用の違いとなって現れていた。アメリカはレーダーの差を考慮せず、日本は考慮していたのであった。

ただ、日米の戦艦が正面からぶつかり合ったことはほとんどなく、こうした事実関係を米海軍などが認識するには至っていない。

そしていま、日本海軍は弾着観測機を飛ばし、米海軍は飛ばさなかった。彼らにしてみれば、弾着観測機を飛ばす必要性は希薄だった。

米海軍が見落とし、日本海軍が見落とさなかったことは、波長の関係で米海軍の水上見張レーダーよりも、日本海軍の射撃用レーダーのほうが捜索範囲が広いことだった。

それは距離にして数キロの違いであったが、米海軍のレーダーが捕捉できず、日本海軍の射撃用レーダーが捕捉できるリング状の領域が存在することを意味した。

もちろん、この時点で日本軍の射撃用レーダーで計測できるのは距離だけで、方位分解能は射撃が可能なほどの精度ではない。

また、測距儀からも敵影を直接観測することはできなかった。だからこそ弾着観測機が必要だった。

弾着観測機は敵艦も陸奥も観測できたので、弾着観測機が両者を結ぶ直線上の中間点を指示する——観測機より信号を発する——なら角度は絞り込める。

砲戦術はこうした構造になっていたため、弾着観測機の観測機材もステレオ式で、ジャイロにより水平を維持するという複雑な装置となっていた。

具体的には、観測員の席はジンバルのようになっており、観測員席の下にジャイロが仕込まれていたのである。

これにより観測員は常に水平を維持し、席と一体になっているステレオスコープで観測が可能だった。

もちろんこの機構が正常に機能するためには、観測員と息の合った操縦員が安定した操縦を行う必要があった。操縦方法の巧拙で観測精度は大きな違いが生じた。

またこういう構造であったために、観測員席は前席で、操縦員は後部席になっていた。操縦員との阿吽《あうん》の呼吸が必要なのはこのためだ。

零式観測機という名称は同じだが、外観の相違は目立たないものの、機構的に改造機は原型機と別物であった。

陸奥の観測機は二機で、弾着観測を正副で行う。戦闘による損傷を考慮してのもので、かつては役割分担が行われたが、今日では一機で弾着観測のすべてを行い、残る一機は予備戦力とされた。

米海軍の戦艦群は、零式水偵をすでにレーダーで捕捉していた。しかし、積極的な反応はしなかった。

よほど接近しなければ対空火器は使えないし、迎撃戦闘機もない。それに偵察機の類がやって来るのは想定内のことである。すでに発見されているのだから。むしろいままで何もなかったことのほうが不思議なほどだ。

だから水偵が去り、弾着観測機が現れても米艦隊は積極的に反応することはなかった。彼らは陸奥とその艦隊の存在をまだ知らない。

そして、位置的にはマキン島から水偵がやって来てもおかしくはない。

じつは、米艦隊は水偵が午後に現れたことを誤解していた。

空母ヨークタウンらの機動部隊は壊滅的な打撃を被ったが、攻撃してきた陸攻隊にもかなりの打撃を与えていた。

空母四隻を沈められたという混乱状態も手伝って、「日本軍機の双発爆撃機五〇機あまりを撃墜」と報告していた。

それは出鱈目というほどではなかったにせよ、かなり過大な報告となっていた。しかし、戦艦部隊はその数字を信じた。

これが一〇〇機ならさすがに疑っただろうが、五〇機という数字は、実態とそれほどかけ離れた数字でもなかったため、彼らは報告に疑問を抱かなかった。

ただ大打撃を受けたにせよ、日本海軍航空隊は壊滅していない。一方、五〇機撃墜となれば、それは壊滅したと解釈していい。彼らの日本軍の戦力分析ではそうなる。

とは言え、それは推測に過ぎず、じっさいに偵察を行った結果ではない。じっさいのところどうなのかは確信が持てないでいた。

だから彼らは航空隊の攻撃を警戒し、対空戦闘準備も可能な限り怠らなかった。

にもかかわらず、日本軍の攻撃はなかった。念のため上陸船団を分離したが、そちらも攻撃を受けていない。

対空戦闘準備は警戒レベルに下げられ、将兵は「やはり五〇機撃墜で敵の航空隊は壊滅したのだ」と考えはじめた。

そんな時に水偵が現れた。単発機で水上機という点で、彼らは日本海軍航空隊の壊滅を確信した。

じつは、上陸船団に関しては予定の航路を変更し、空母部隊の残存兵力と合流して接近することになっていた。

それは万が一の場合には、上陸船団だけ後退するためだ。ここで彼らを壊滅させるわけにはいかない。

逆に空母なしの戦艦部隊でも敵が攻撃をかけてこないなら、日本軍の航空隊が壊滅したことが証明できる。

このように連合軍上陸部隊も、空母部隊の壊滅と日本海軍航空隊の壊滅という二つの予想外の展開から急遽、作戦内容を変更していたのであった。

それは完璧な整合性などできていなかったにせよ、大局的な傾向としては満足できるものと思われた。

最善でなくても次善でも前進するのが軍事作戦というものだ。

こうした状況の中での戦艦陸奥の砲撃は、米海軍の二隻の戦艦にとって青天の霹靂《へきれき》だった。航空攻撃は警戒したが、まさか戦艦が出てくるとは。

逆算すれば、敵戦艦は空母部隊の発見時から、自分たちを攻撃するために出撃したことになる。

最初に狙われたのは戦艦アラバマであった。四〇センチ砲が巨砲とはいえ、飛行機と比較しても小さい。対空見張レーダーで捕捉できるものではなく、またレーダーは近すぎても反応しない。

そして、アンテナが旋回する間にも砲弾は前進する。レーダー手から見れば突然、内懐に何かが現れ、アンテナが旋回する間にそれが消えるという、まるで未確認飛行物体のような挙動を砲弾は示した。

何が起きているかわかったのは、戦艦の周辺に水柱が立ち上った時だった。

弾着観測機とレーダーによる距離計測により、戦艦陸奥の砲術長は二段撃ち方などではなく、最初から本射に入った。精度の高さを期待したのと、敵に回避や反撃の機会を与えないためだ。

戦艦二隻対陸奥一隻、正面から戦えば負けることの状況で勝利をつかむには、敵がこちらの存在を知らない時点で一隻を屠ることにある。

四〇センチ砲同士の一隻対一隻の戦いなら、勝機はつかめる。初弾から本射とは、時間という武器を最大限に用いるためでもあった。

そして、幸運の女神は山口司令長官に微笑んだ。一発の砲弾が戦艦アラバマに命中する。

一般に遠距離での四〇センチ徹甲弾ならば、戦艦を廃艦にするには一六発、無力化するには八発の命中弾を与える必要があるとされている。

だが、命中弾一発でも戦艦アラバマにはやはり損傷を与えていた。戦闘力を失ってはいなかったものの、砲弾の落角が六〇度以上と大きいため、舷側の装甲ではなく甲板を貫通し、船内で爆発した。

ダメージコントロールを重視したサウスダコタ級戦艦であるから、この爆発でも戦闘力を失うことはなかった。

ただ初弾命中というショックはぬぐえない。敵艦がどこにいるのかさえわからないからだ。さらに砲弾の命中で、電気系統にトラブルが生じた。

これは一時的なもので、回路を切り替えるなどすれば十分対応できるものであった。しかし、それまでに数分の時間が必要であり、その数分間、戦艦アラバマの戦闘力はレーダーを中心に大きく低下した。

僚艦である戦艦サウスダコタも、すぐこの異変に反応したが、敵艦がどこにいるのかがわからない。

この時、部隊は単縦陣で進んでおり、先頭がサウスダコタ、その次がアラバマであった。そしてサウスダコタも砲弾には気がついていなかった。

これが何回かの修正射撃が行われたとすれば、少なくとも艦隊の左舷側か右舷側かくらいの推測もできるのだが、初弾から夾叉《きょうさ》状態であり、どちらから撃ってきたかもわからない。敵の重要拠点に向かっている以上、どちらから攻撃されても不思議はない。

敵戦艦はどこにいるのか？　ヒントの一つは上空の偵察機の存在だ。レーダーはそれが来た方位を知っている。その方向に敵戦艦はいるのではないか？

だがその判断をしている間にも、第二波と第三波の砲撃が届き、それぞれ二発の命中弾を与えていた。つまり、この間に五発の砲弾が命中した。

僚艦サウスダコタは焦っていた。わずか一、二分の間に戦艦アラバマは痛打されている。そして反撃さえできない。

旗艦はサウスダコタなので、指揮官は艦隊の変針を命じた。遅すぎるようにも思えるが、すべては三分以内に起きたことだ。

指揮官は、偵察機が来たのとは反対方向に変針した。しかし、それは最初から予期されていたことで、観測機は最初から大きく迂回して艦隊に接近していた。

つまり、戦艦部隊は戦艦陸奥に接近する方向に移動していた。その状況もすぐに戦艦陸奥に打電されている。

そこで戦艦陸奥は射撃を中断しつつ、戦艦部隊に合わせて変針し、その距離を保つ。距離を保つ限り、戦艦部隊のレーダーは戦艦陸奥を捕捉することはない。

こうした戦艦陸奥の動きを、米戦艦部隊は別に解釈した。戦艦陸奥の射程外に出たので敵の攻撃がやんだ。そう解釈したのだ。

戦艦部隊の指揮官は再び単縦陣を組み直すと、速力を上げてマキン島に急いだ。日本軍戦艦を放置するのは危険ではあろう。まだ上陸部隊を乗せた船団がいるのだ。

しかし、航空戦力を失い、戦艦しか頼れないのも事実だ。船団と敵戦艦は離れているし、自分たちがマキン島砲撃に向かえば、敵戦艦も追躡《ついじょう》せざるを得ない。

それにより船団の安全ははかられる。指揮官の考えはそうしたものだった。そして彼は駆逐艦一隻を伴い、戦艦アラバマを後方に下げさせた。

戦闘力はまだあるとはいえ、五発――おそらくは四〇センチ砲――の砲弾を受けた状態で、その能力は著しく落ちている。

機関部はかろうじて無事なものの、射撃用レーダーや測距儀は破壊され、砲撃は各砲塔で独自に行わねばならず、さらにA砲塔は現在使用不能だ。

戦闘力があるのと、まだ戦えるのとは意味が違う。ここは下げるのが合理的だ。

こうして戦艦アラバマは針路を変え、本隊から分離される。位置的に敵戦艦が戦艦アラバマを射程圏に捉えられるはずはない。指揮官はそう考えた。

しかし、戦艦アラバマが針路を定めてほどなく、彼女の周囲を水柱が取り囲む。

「なんだと！」

二回の斉射が行われ、一発の砲弾が戦艦アラバマの艦内で爆発し、消火システムが機能しないままに火薬庫が誘爆、戦艦アラバマは轟沈した。

周囲に金属片が飛び散り、周辺の海面は落下する金属片で白濁した。

「砲撃準備！」

敵戦艦はどこにいるのか？　いまその方位が判明した。戦艦サウスダコタはそのまま敵がいるであろう方位に突進する。

レーダーにより敵戦艦を発見する。まずはそれが優先される。戦艦サウスダコタの水上見張レーダーが一瞬だけ反応を見せ、沈黙する。

だが、その一瞬見せた位置を戦艦サウスダコタは見逃さない。その方位に向かって全艦隊は直進する。

マキン島に向かうという先ほどまでの方針を変更し、指揮官は日本戦艦を撃破することを優先した。すべては戦艦アラバマが轟沈したためだ。

「この戦艦だけは生かしておけぬ」

それは感情的な反応ではあったが、艦隊の将兵全員が共感し得るものだった。彼らの価値観からすれば、日本海軍の「アウトレンジ戦法」も「汚い手」に過ぎないのだ。戦うなら姿を見せるべきだ。

米戦艦部隊は戦艦陸奥を求めて変針するが、彼らはそれによりマキン島への脅威が結果的に排除されたという事実に気がつかなかった。

戦艦サウスダコタと日本戦艦は速力で互角であるのか、レーダーでの反応は安定しない。捕捉したと思うと消える。

ただ相互の位置関係はおおむね変わらない。つまり、日本戦艦は「逃げている」ことになる。

戦艦サウスダコタはこの状態で、日本戦艦に対して砲撃を行った。射撃用レーダーではまだ捕捉できない。捕捉できたのは水上見張レーダーだけだったが、それでよかった。

敵艦の針路と速力と距離はわかっている。角度分解能は不安だが、日本軍が遠距離射撃ができて、自分たちができないはずがない。それが彼の考えだった。

しかし、この砲撃は思いつきの域を出るものではなかった。最大の欠点は、弾着観測が行えないことにある。

冷静に考えるなら、この程度の情報でレーダー砲撃が可能なら、苦労して射撃管制レーダーを開発する必要はない。

指揮官も頭の半分では、それを理解していた。ただ相手が戦艦であれば、散布界の中に弾着すれば敵戦艦に一発ぐらい命中するだろうという考えだ。

じっさいレーダー技術に劣る日本海軍の戦艦が最大射程の砲撃を成功させたのだから、自分たちにもできるはずだ。

これは弾着観測機の存在を失念していたこともあるが、戦艦アラバマの轟沈により指揮官が感情的になっていたことも大きい。

散布界云々にしても、感情からくる欲求を合理化するための後付けの理屈に過ぎない。だから命中などしなかった。

正確な弾着観測はできない。水柱らしき反応は確かに観測できたが、角度分解能が悪いので弾着の修正ができない。そもそも標的艦の反応が安定しないので、弾着の遠近さえ確認できない。

しかし、戦艦サウスダコタにとって最大の誤算は、まったく予想外のところから砲弾が降ってきたことだった。

対空見張レーダーが、短時間だけ砲弾らしい反応を捉える。対空見張レーダーであり、砲弾が狭い範囲で密集しているため、何か大きなものが現れて、そして消える。

次の瞬間、戦艦サウスダコタ周辺に水柱が立ち上る。今回は初弾での命中弾は出なかったが、それが幸運に過ぎないのは僚艦アラバマの運命を見た人間たちなら、全員が知っている。

「何が起きた！　敵戦艦はどこにいる！」

戦艦部隊の指揮官は、自分たちが大きな罠にはまったことは理解できた。しかし、それがどんな罠なのかまではわからない。

そこに第二波が弾着し、それは二発の命中弾を得た。遠距離砲撃のため落角は大きい。乗っているものには、砲弾は垂直に落下したようにさえ思えた。

それらは甲板を貫通し、艦内で爆発する。それだけでも戦艦サウスダコタの艦内は、戦闘力を一時的に奪われる結果となった。

砲弾は左舷、右舷と甲板を横切るように落下した。これにより弾着点の前後で電気系統と電話回線が切断される。

主要部の電源と通信回線はすぐに回線の切り替えで復旧したが、切断された残りの部分は機能を失ったままだった。

その間にも三派めの弾着がある。これも二発が命中したが、一発はA砲塔の天蓋《てんがい》を貫通した。

最大射程の遠距離砲撃という非常識な砲戦を前提に戦艦を設計する者はいない。しかし、非常識を実現した時、それは大きな武器となる。そしていま、それは武器となった。

ダメージコントロールが的確にできたため、A砲塔は誘爆により轟沈という最悪の事態は避けられた。

しかし、三基の砲塔の一つが失われたことは、戦艦サウスダコタにとって致命的な痛手となった。

「姿を見せろ！」

それは戦艦サウスダコタのすべての将兵の怒りであったが、日本軍の戦艦はあくまでもその姿を見せなかった。

どれだけの規模の艦隊で、戦艦は何隻なのか？それさえもわからない。針路変更を命じる前に四派めの弾着があり、これは三発が命中した。

これもまた艦内で爆発し、内部の機構を徹底して破壊していた。

電気も通信も失われ、機関部は無事ながらも、機関部の将兵は部署を死守するよりも脱出を考えねばならなかった。

艦長が総員退艦を命じた時、戦艦サウスダコタはまだ浮いていた。浮いていたどころか動いていた。機関部は生きていた。そして機関部を止めることはできなかった。命令伝達ができなかったためだ。

そのため将兵の多くが、まだ一〇ノット以上の速力で前進し続ける戦艦から脱出しなければならなかった。

運がいい者は、友軍の駆逐艦や巡洋艦に救助された。不運な者は、戦艦のスクリューに巻き込まれた。

最終的に戦艦サウスダコタは駆逐艦により雷撃処分される。指揮官は部隊を再編し、上陸船団への合流を決める。

「まだ終わってはいない」

指揮官は、そのことには確信があった。そして、いまさら引き返すわけにはいかないことも。

重巡最上は無傷であり、すぐに本隊に合流できる。その報告を、ほっとした気持ちで山口司令官は聞いていた。

戦艦サウスダコタに奇襲砲撃をかけるために敵戦艦との位置と方位と維持しつつ、重巡洋艦最上を戦艦陸奥だと誤認させる。

海兵の試験なら落第点にしかならないような奇策を、最上の乗員たちは成功へと導いてくれた。

「自分は部下に恵まれている」

山口司令長官は、ここしばらくの攻防の中で、そのことを何度となく感じていた。だからこそ多大な犠牲を出しながらも、マキン・タラワはまだ敵の手に落ちていない。

「いよいよ、敵の上陸部隊に王手をかけるか」

山口司令長官がそう思っていた時、緊急電が飛び込んで来た。

「マキン島、タラワ島、敵空母部隊の奇襲攻撃を受けています！」


（次巻に続く）

RYU NOVELS

絶対国防圏攻防戦②

赤道直下の死闘

2015年3月23日　　初版発行

著　者　林《はやし》　譲治《じょうじ》
発行人　佐藤有美
編集人　渡部　周
発行所　株式会社　経済界
〒105-0001 東京都港区虎ノ門 1-17-1
出版局　出版編集部☎03(3503)1213
　　　　出版営業部☎03(3503)1212
ISBN978-4-7667-3219-1　振替　00130-8-160266

印刷・製本／日経印刷株式会社

Printed in Japan